U0458702

刘醒龙
小传

刘醒龙，1956年1月10日出生于湖北省黄冈市。1974年高中毕业后成为英山县阀门厂的一名工人，直到1985年1月才正式调离。

在工厂工作期间，刘醒龙开始业余创作。1984年，抽调到县文化馆工作期间，刘醒龙的小说处女作《黑蝴蝶，黑蝴蝶……》发表于《安徽文学》第四期。

1985年，刘醒龙正式调入县文化馆工作，在此期间，刘醒龙创作了系列小说《大别山之谜》。1989年4月，刘醒龙调到黄冈地区群众艺术馆任文学部主任、《赤壁》文学季刊副主编和黄冈地区作家协会副主席兼秘书长。1994年4月调武汉市文联任专业作家。2000年11月当选为武汉市文联副主席。2001年12月当选为湖北省作家协会副主席。2006年5月起任《芳草》文学杂志总编辑。

真正让刘醒龙的名字为全国所知晓的作品是1992年发表在《青年文学》上的中篇小说《凤凰琴》，这部小说荣获《小说月报》百花奖。后来，他据此又写成了长篇小说《天行者》，荣获茅盾文学奖。

刘醒龙的创作长期关注基层、关照普通底层人，中篇小说《分享艰难》和《挑担茶叶上北京》是关注乡镇基层政治生态和民众疾苦的作品，其中，《挑担茶叶上北京》获得鲁迅文学奖。2005年推出的《圣天门口》是刘醒龙的又一个里程碑之作，在香港获得"红楼梦奖（世界华文长篇小说奖）决审团奖"。

刘醒龙的多部作品被拍成电影，如《凤凰琴》1994年被改编为同名电影，《秋风醉了》1995年被改编为《背靠背脸对脸》，《爱到永远》被改编为歌舞剧《山水谣》。此外，刘醒龙的小说还受到国外读者的青睐，《凤凰琴》《村支书》《冒牌城市》《白菜萝卜》《挑担茶叶上北京》《暮时课诵》等经典作品被翻译成英文、法文、日文等多种文字，传播到海外。

总主编 何向阳

本册主编 吴义勤

百年
中篇小说
名家经典

BAINIAN
ZHONGPIAN
XIAOSHUO
MINGJIA JINGDIAN

FENG 凤

HUANG 凰

QIN 琴

刘醒龙

著

河南文艺出版社

·郑州·

一种文体与
一百年的民族记忆

何向阳　（丛书总主编）

　　自 20 世纪初,确切地说,自 1918 年 4 月以
鲁迅《狂人日记》为标志的第一部白话小说的
诞生伊始,新文学迄今已走过了百年的历史。
百年的历史相对于古老的中国而言算不上悠
久,但 20 世纪初到 21 世纪初这个一百年的文
化思想的变化却是翻天覆地的,而记载这翻天
覆地之巨变的,文学功莫大焉。作为一个民族
的情感、思想、心灵的记录,从小处说起的小
说,可能比之任何别的文体,或者其他样式的
主观叙述与历史追忆,都更真切真实。将这一

百年的经典小说挑选出来，放在一起，或可看到一个民族的心性的发展，而那可能被时间与事件遮盖的深层的民族心灵的密码，在这样一种系统的阅读中，也会清晰地得到揭示。

所需的仍是那份耐心。如鲁迅在近百年前对阿Q的抽丝剥茧，萧红对生死场的深观内视，这样的作家的耐心，成就了我们今天的回顾与判断，使我们——作为这一古老民族的每一个个体，都能找到那个线头，并警觉于我们的某种性格缺陷，同时也不忘我们的辉煌的来路和伟大的祖先。

来路是如此重要，以至小说除了是个人技艺的展示之外，更大一部分是它对社会人众的灵魂的素描，如果没有鲁迅，仍在阿Q精神中生活也不同程度带有阿Q相的我们，可能会失去或推迟认识自己的另一面的机会，当然，如果没有鲁迅之后的一代代作家对人的观察和省思，我们生活其中而不自知的日子也许更少苦恼但终是离麻木更近，是这些作家把先知的写下来给我们看，提示我们这是一种人生，但也还有另一种人生，不一样的，可以去尝试，可以去追寻，这是小说更重要的功能，是文学家个人通过文字传达、建构并最终必然参与到的民族思想再造的部分。

我们从这优秀者中先选取百位。他们的目光是不同的,但都是独特的。一百年,一百位作家,每位作家出版一部代表作品。百人百部百年,是今天的我们对于百年前开始的新文化运动的一份特别的纪念。

而之所以选取中篇小说这样一种文体,也是出于这个原因。

中篇小说,只是一种称谓,其篇幅介于长篇小说和短篇小说之间,长篇的体积更大,短篇好似又不足以支撑,而介于两者之间的中篇小说兼具长篇的社会学容量与短篇的技艺表达,虽然这种文体的命名只是在 20 世纪的七八十年代才明确出现,但三四十年间发展迅速,其中的优秀作品在不同时期或年份涵盖长、短篇而代表了小说甚至文学的高峰,比如路遥的《人生》、张承志的《北方的河》、莫言的《透明的红萝卜》、韩少功的《爸爸爸》、王安忆的《小鲍庄》、铁凝的《永远有多远》等等,不胜枚举。我曾在一篇言及年度小说的序文中讲到一个观点,小说是留给后来者的"考古学",

它面对的不是土层和古物，但发掘的工作更加艰巨，因为它面对的是一个民族的精神最深层的奥秘，作家这个田野考察者，交给我们的他的个人的报告，不啻是一份份关于民族心灵潜行的记录，而有一天，把这些"报告"收集起来的我们会发现，它是一份长长的报告，在报告的封面上应写着"一个民族的精神考古"。

一百年在人类历史上不过白驹过隙，何况是刚刚挣得名分的中篇小说文体——国际通用的是小说只有长、短篇之分，并无中篇的命名，而新文化运动伊始直至70年代早期，中篇小说的概念一直未得到强化，需要说明的是，这给我们今天的编选带来了困难，所以在新文学的现代部分以及当代部分的前半段，我们选取了篇幅较短篇稍长又不足长篇的小说，譬如鲁迅的《祝福》《孤独者》，它们的篇幅长度虽不及《阿Q正传》，但较之鲁迅自己的其他小说已是长的了。其他的现代时期作家的小说选取同理。所以在编选中我也曾想，命名"中篇小说名家经典"是否足以囊括，或者不如叫作"百年百人百部小说"，但如此称谓又是对短篇小说的掩埋和对长篇小说的漠视，还是点出

"中篇"为好。命名之事，本是予实之名，世间之事，也是先有实后有名，文学亦然。较之它所提供的人性含量而言，对之命名得是否妥帖则已显得不那么重要了。

值此新文化运动一百年之际，向这一百年来通过文学的表达探索民族深层精神的中国作家们致敬。因有你们的记述，这一百年留下的痕迹会有所不同。

感谢河南文艺出版社，感动我的还有他们的敬业和坚持。在出版业不免利益驱动的今天，他们的眼光和气魄有所不同。

2017 年 5 月 29 日　郑州

目录

　　阳历九月，太阳依然没有回忆起自己冬日的柔和美丽，从一出山起就露出一副让人急得浑身冒汗的红彤彤面孔，一直傲慢地悬在人的头顶上，终于等到它又落山了时，它仍要伸出半轮舌头将天边舔得一片猩红。这样，被烤蔫了的垸子才从迷糊中清醒过来，一只狗黑溜溜地从竹林里撵出一群鸡，一团团黄东西惊得满垸咯咯叫，暮归的老牛不满地哼了一声，各家各户的烟囱赶紧吐出一团黑烟。黑烟翻滚得很快，转眼就上了山腰，而这时的烟囱开始徐徐缓缓地飘洒出一带青云。

　　天黑下来时，张英才坐在垸边的大樟树下看完手里拿的那本小说的最后一页。这本小说名叫《小城里的年轻人》，是县文化馆的一名干部写的，他很喜欢它。七月初高中毕业回家时，把它从学校图书室里偷来了。那次偷书是较大的行动，共有六个人参加，都是些高考预选时筛下来的，别人尽挑家电修理、机械修理、养殖种植等方面的书，他只挑了这一本，然后就到外面望风放哨。张英才不记得自己已看过几遍，听说舅舅要来，他就捧着这书天天到垸边去等。 一边等一边看，两三天就是一遍，越看越觉得死在城里也比活在农村好。 近半个月，他至少两次看见一个很像舅舅的男人在远远地走着，每每到前面的岔路口便变了方向，走到邻垸去了。 今天是第三次，太阳下山之前，他又见到那个像是舅舅的人在那岔路口上，和他的目光分手了。 张英才闭上眼睛，往心里叹气。 天一暗，野蚊子都出动起来，有几只很敏捷地扑到他的脸上，叮得他肉一跳，一巴掌扇去将自己打得生疼。 他爬起来，拿上书往家里踱去。

进门时，母亲望着他说："我正准备唤你挑水呢。"张英才将书一撂说："早上挑的，就用完了？"母亲说："还不是你讲究多，嫌塘里的水脏，不让去洗菜，要在家里用井水洗。"张英才无话了，只好去挑水，挑了两担水缸才装一小半，他就歇着和母亲说话，说："我看到舅舅到隔壁垸里去了。"母亲一怔："你莫瞎说。"张英才说："以前我没作声。 我看见他三次了。"母亲怔得更厉害了，说："看见也当没看见，不要和别人说，也不要和你父说。"张英才说："妈你慌什么，舅舅思想这样好不会做坏事的。"母亲苦笑一声："可惜你舅妈太不贤德。 不然，我早就上他家去了，免得让你天天在那里苦盼死等。"张英才说："她还不是仗着叔叔在外面当大官。"母亲说："也怪你舅舅不坚决，他若是娶了隔壁垸的蓝二婶，也不至于像现在这样在女人面前抬不起头来。 人还是不高攀别人为好。"张英才很敏感："你是叫我别走舅舅的后门？"母亲忙说："你这伢儿怎么尽乱猜，猜到舅舅头上去了。"张英才咬咬牙说："我可不怕攀高站不稳。我把丑话说在先，你不让舅舅帮我找个工作，我连根草也不帮家里动一动。"说着他抄起扁担，挑着水桶出门去，在门口，脚下一绊险些摔倒，他骂了一声："狗日的！"母亲生气了："天上雷公，地下母舅，你敢骂谁？"张英才说："谁我都敢骂，不信你等着听。"果然挑水回来时他又骂了一声。母亲上来轻轻打了他一耳光，自己却先哭了起来，嘴里声称："等你父回来了，让他收拾你。"

张英才因此没吃晚饭，父亲回来时他已睡了。躺在床上听见父亲在问为什么，母亲说刚才他突然头疼起来了，父亲说："屁，是读书读懒了身子。"说着气就来了，"十七八的男人，屁用也没有，去年预选差三分，复读一年反倒读蚀了本，今年倒差四分。"张英才蒙上被子不听，还用手指塞住耳朵。后来母亲进房来，放了一碗鸡蛋在他床前，小声说："不管怎样饭还是要吃的，跟别人过不去还可以，跟自己过不去那就比苕还苕了。"又说，"你也真是的，读了一年也不见长进，哪怕是比去年少差一分，在你父面前也好交代些呀！"闷了一会儿，张英才就出了一身汗，他撩开被子见母亲走了，就下床，闩上门，趴到桌子上给一位女同学写信，他写道：我正在看一本《小城里的年轻人》，里面有篇叫《第九个售货亭》，写得棒极了！而你就像里面那个叫玉洁的姑娘，你和她的心灵一样美。 写了一通后，他忽然觉得没话写了，想想后，又写道：我舅舅在乡文教站当站长，他帮我找了一份很适合我个性的工作，过两天就去报到上班，这个单位大学生很多。 至于是什么单位，现在不告诉你，等上班后再写信给你，管保你见了信封上的地址一定会大吃一惊。 写完后，他读了一遍，不觉一阵脸发烧，提笔准备将后面这段假话画掉，犹豫半天，还是留下了。 回转身他去吃鸡蛋，一边吃一边对自己说："天下女伢儿都爱听假话。"鸡蛋吃到一半，他忽然想起自己一分钱也没有，明天寄信买邮票这样的小事，还得伸手朝父母讨钱。 他勉强再吃了两口，怎么也吃不下去了，推开碗，仰面倒在床上无声地哭起来。

张英才醒来时，才知道自己睡了一夜，连蚊帐也没放下，身上到处是红包包，痒死个人。 他坐起来看到昨夜吃剩下的半碗鸡蛋，觉得肚子饿极了，他想起学校报栏上的卫生小知识说隔夜的鸡蛋不能吃，就将已挨着碗边的手缩回来。这时，母亲在推房门。 他懒得去开门，他知道那门闩很松，推几次就能够推开。

推几下，门真的开了，母亲进来低声对他说："你舅舅来了，你态度可要放好点，别像待我和你父一样。"母亲扫了几眼那半碗鸡蛋和张英才，叹口气，端起碗三两口就吃光了。 张英才想提醒母亲，话到嘴边停住了。 他穿好衣服走到堂屋，冲着父亲对面坐着的男人客客气气地叫了声舅舅。

舅舅说："英才，我是专门为你的事来的。"父亲说：

"蠢货！还不快谢谢。"张英才看了一眼舅舅的脚，从乡里到这儿有二十多里路，这大清早的露水重得很，舅舅的皮鞋上却是干干净净的，他觉得自己心中有数了，嘴上还是道了谢。舅舅说："我给你弄了一个代课的名额。这学期全乡只有两个空额，想代课的却有几十个，所以拖到昨天才落实。你抓紧收拾一下，吃了早饭我送你到界岭小学去报到。"张英才听了耳朵一竖："界岭小学？"母亲也不相信："全乡那多学校，怎么偏把英才送到那个大山杪子上去？"舅舅说："正因为大家都不愿去，所以才缺老师，才需要代课的。"父亲说："不是还有一个名额吗？"舅舅愣了愣才回答："乡中心小学有个空缺，站里研究后，给了隔壁垸的蓝飞。"母亲见父亲脸上在变色，忙抢着说："人家蓝二婶守寡养大一个孩子不容易，照顾照顾也是应该的。"父亲掉过脸冲着母亲说："那你就弄碗农药给我喝了算了，看谁来同情你。"舅舅不高兴了："别有肉嫌肥，不干就说个话，我好请别人家的孩子，免得影响全乡的教育事业。"父亲一听软了："当了宰相还想当皇帝呢，人哪不想好上加好呢，我们这是说说而已。"母亲抓住机会说："英才，还不赶快收拾东西去！"一直没作声的张英才说："收拾个屁！我不去代课。"

父亲当即去房里拎出一担粪桶，摆在堂屋里，要张英才随粪车一路到镇上去拉粪。张英才瞅着粪桶不作声。舅舅挪了挪椅子，让粪桶离自己远点，离张英才近点，边挪边说："你没有城镇户口，刚一毕业就能到教育上来代课就算很不错咧，再说你不吃点苦，我怎么有理由在上面帮忙说话呢？"父亲在一边催促："不愿教书算了，免得老子在家没个帮手。"张英才抬起头来说："父，你放文明点好吗？舅舅是客人又是领导干部，你敢不敢将粪桶放在村长的座位前面？"父亲愣愣后将粪桶拎了回去。

母亲早就进房帮张英才收拾行李去了。堂屋只剩下舅甥两人。张英才也挪了一下椅子，和舅舅离得更近些，贴着耳朵说："我知道，你是昨天来的，先去了隔壁垸里。"停一停，他接着说："假如我去了那上不巴天、下不接地的地方，你被人撤了职那我怎么办？"舅舅回过神来："你这伢儿，尽瞎猜，我都快五十的人了，还不知道卒子该怎么拱？先去了再说。我在那儿待了整十年才解决户口和转正。那地方是个培养人才的好去处，我一转正就当上了文教站站长。"

舅舅从怀里掏出一副近视眼镜，要张英才戴上。张英才很奇怪，自己又不是近视眼，戴副眼镜不是自找麻烦嘛。舅舅解释半天，他才明白，舅舅是拿他的所谓高度近视做理由，站里其他人才同意让他出来代课的。舅舅说："什么事想办成都得有个理由，没有理由的事，再狠的关系也难办，理由小不怕，只要能成立就行。"张英才戴上眼镜后什么也看不清，而且头昏得很，他要取下，舅舅不让，说本来准备早几天送来让他戴上适应适应，却耽搁了，所以现在得分秒必争。 还说，界岭小学没人戴眼镜，他戴了眼镜去，他们会看重他一些，另外，他戴上眼镜显得老成多了。

张英才站起来走了几步，连叫："不行！ 不行！"父母亲不知道情由，从房里钻出来说："都什么时候了，还在叫不行！"父亲还骂："你是骆驼托生的，生就个受罪的八字。"张英才用手摸摸眼镜说："你除了八字以外什么也不懂。"说完便进房里去，片刻夹着那本小说出来说："舅舅，我们走吧！"母亲说："还没吃早饭呢！"张英才说："我今天走上工作岗位，该舅舅请我的客。"舅舅很爽快地点点头，让张英才的父母很是吃惊，几乎同时说："这不是屁股厢尿——反了嘛！"

张英才背着行李出门时，垸里的几个年轻人还来劝他别去，说我们这块地盘和界岭比，就像城里和我们这儿比一样。 张英才不听，说人各有志，人各有命嘛。 父亲听了这句话很高兴，认为儿子长进多了，这一年复读总算没白读。临和家里人分手时，母亲哭了，父亲不以为然，在一旁数落说："又不是去当兵，哭个什么！"在路上，张英才一直想这个问题，怎么去当兵就可以哭，大家不都是抢着去吗？

舅舅是诚心请张英才的客，一路上逢卖吃食的地方就进去问，但大家卖的都是隔夜的油条。 到上山前的最后一处店子仍是这样，舅舅只好买上十根油条塞进他提着的网兜里，又将十个皮蛋塞进了张英才的挎包里。

山路有二十多里远，陡得面前的路都快抵着鼻尖了。 路不好走，又戴着很别扭的眼镜，张英才很少顾得上和舅舅说话。 歇脚时，他问学校的基本情况，舅舅要他别急，等会儿一看就清清楚楚。 他又问当小学老师要注意些什么，舅舅说，看见别的老师打学生时装作什么也没看见就行。 张英才见舅舅对这类话不感兴趣，就不再问这些，回头问蓝飞的母亲年轻时长得漂不漂亮，等了半天不见动静，朦胧中他觉得有些异样，摘下眼镜一看舅舅正在揉眼窝。

之后没有再歇，一口气爬上界岭，一排旧房子前面一杆国旗在山风里飘得啪啪响，旧房子里传出一阵读书声，贴在墙上的两张红纸写着两条标语：欢迎上级领导来校指导工作！ 欢迎新老师！ 张英才摘下眼镜读了标语后，心里多少有点激动。 这时，不知从哪里钻出一个中年男人，很响亮地叫："万站长，怎么这早就来了，这可是杀我们一个措手不及呀！"舅舅笑笑说："还不是想来赶早饭！"说着就向张英才介绍，说这人就是校长，姓余。 又将张英才向余校长作了介绍。

余校长招呼他们进屋弄早饭吃。 余校长亲自动手炒了两碗油盐饭端上来，正吃着又进来了两个年轻一些的男人。 经介绍，知道一个是副校长，叫邓有米。 另一个是教导主任，叫孙四海。 张英才装着擦镜片上的水雾，想将他们观察得清楚些，看了半天，除了觉得他们瘦得很普通外，没有什么特别的印象。

舅舅这时吃完了，抹抹嘴说："也好，全校的教职工都到齐了，我就先说几句！"张英才听了吃惊不小，来了半天没见到学生下课休息，他以为教室里还有别的老师呢。舅舅说的无非是些新学期要有新起色新突破之类的套话，说得很起劲，一本正经的，张英才听得一点意思也没有。他装作出去小便，走到外面遛了一圈，才发现几间教室里一个老师也没有，他猜不出哪是几年级，三间教室是如何装下六个年级呢？黑板上也辨不出，都是语文课，都是作文、生字和造句等内容。他回去时舅舅终于讲完了，接下来是余校长讲。余校长讲了几句嗓子就沙哑了。邓有米见了毫不客气地说："你嗓子痛就歇着，我来向站长汇报。"说着打开捧在手里的小本子，一五一十地说起来，刚说了入学率和退学率两个数字，舅舅就打断他的话，说这些报表上都有，说点报表上没有的情况。邓有米眼睛一转，就说了几件他如何动员适龄儿童上学的事，还说他垫了几十块钱，给交不起学费的学生买课本。邓有米说了半天，见站长既不往心里记也不往本子上记，就知趣地打住了。接下来是孙四海说，孙四海低低地说了一句："村里已经有九个月没给我们发工资了。"然后就没话。

舅舅也不追问，起身说到教室去看。到了第一间教室，余校长说这是五六年级，张英才看到大部分学生都没有课本，手里拿的是一本油印小册子，正想问，却听到舅舅说："这些油印课本又是你老余的杰作吧？"余校长说："我这手再也刻不动钢板了，我让他们自己刻的。"张英才看见舅舅抓着余校长那双大骨节的手轻轻叹了口气。 第二间教室是三四年级，是孙四海带的，学生们用的却是清一色的新课本。 一问，学生们都说是孙老师帮他们买的。 再一问，孙四海却说这是学生们自己的劳动所得。 张英才见舅舅想追问，余校长连忙将话岔开了，要他们去看看一二年级。 无疑，这个班是邓有米带的，所以，一进教室，他就接上刚才汇报时的话题，指着一个个学生说自己动员他们入学的艰难。 正说着，舅舅忽然打断他的话问："今年招了多少新生？"邓有米说："四十二个。"舅舅说："你数数看，怎么只有二十四个。"邓有米说："别人都请假了。"舅舅说："连桌子椅子也请假了？ 老余，马上要搞施行《义务教育法》检查，不要到时弄得你我都过不去哟！"邓有米红着脸不说话。 余校长一边连连点头。 孙四海嘴角挂着一丝冷笑。 张英才把这些全看在眼里。 回头整理余校长给他腾出的一间宿舍时，他瞅空问舅舅这三人之间是不是面和心不和。 舅舅要他少管这些闲事，并记住阶级矛盾和民族矛盾的关系，舅舅说，在这儿他和他们算不上是一个民族的，他是外来人，他们会将他看成是一个侵略者。 张英才对这话似懂非懂。

　　房间的壁上挂着一只扁长的木匣子。 张英才取下来打开后，才知道这是一只琴，他没见过这种琴，一排按键写着1234567i，底下是几根金属弦，他用手指拨了一下，声音有些沙哑，像余校长的嗓门。 他问："舅舅，这是什么琴？"

舅舅看也不看，边挂蚊帐边说："那上面写着字呢！"他摘下眼镜细看，果然琴盖上印着凤凰琴三个字，还有一排小字是：北京市东风民族乐器厂制造。房间收拾好后，张英才将那本《小城里的年轻人》拿出来，端端正正地摆在床头边。

正好余校长来了，他看了看书说："这个作者我认识，他以前也是民办教师，我和他一起开过会。他幸亏改了行，不然，恐怕和我现在差不多。"张英才正想问点什么，舅舅说："老余，你这不是泼冷水吗？"余校长忙说："我还敢摆弄冷水？我这身风湿病再弄冷水，恐怕连头发都要生出大骨节来。"

这时学校放学了。张英才后来才熟悉这学校的规矩，因为学生住得散，来得晚，走得早，所以一天只有两节课，上午一节，下午一节。一些学生往山洼跑，一些学生往山上跑。张英才不明白，邓有米告诉他，上下都是去采磨菇、扯野草。余校长叫他们去吃饭。正吃着，学生们都回来了，将野草和蘑菇分别放进余校长家的猪栏和厨房里。张英才望着直纳闷，这不是剥削学生欺压少年吗？正想着，余校长起身离座走进厨房。听动静，像是在里面给学生打饭，果然就有许多学生端着饭碗从里面走出来，到另一间屋子里去了，跟着余校长双手捧着一盆菜出来。舅舅开口叫："老余，你等等。"说着转身叫张英才回屋去将那些油条拿来，交给老余，让老余分给学生。张英才看见学生们大口大口地吃着分到手的半爿油条，心里有些不好受。 舅舅问余校长，哪几个孩子是他自己的，余校长指了三下，张英才连续三次想到电视里的非洲饥民。 舅舅尝了尝学生们的菜后，脸色阴冷地说："老余，你妻子已被拖垮了，再拖几年恐怕你全家都得垮。"余校长叹气说："我不是党员，没有党性讲，可我讲个做人的良心，这么多孩子不读书怎么行呢？ 拖个十年八载，未必村里经济情况还不会好起来，到那时再享福吧！"

张英才听了半天终于明白，学校里有二三十个学生离家太远，不能回家吃中午饭，其中还有十几个学生，夜晚也不能回家，全都宿在余校长家。 家长隔三岔五来一趟，送些鲜菜咸菜来，也有种了油菜的，每年五六月份，用酒瓶装一瓶菜油送来。 再就是米，这是每个学生都少不了要带来的。

吃罢饭，张英才的舅舅要进房里去看看余校长的妻子。余校长拦住坚决不让进门，口口声声称谁见她那模样，准保要恶心三天。 拉扯一阵，动静大了，惊动了房里的人，那女人就在里面蔫妥妥地说："领导的好意我领了，请领导别进来。"作罢后，余校长就劝张英才的舅舅下山，不然赶不上太阳，黑了就不好办。 舅舅说："是该走，你们都陪着我，都不去上课，学生们都放了鸭子。"停了停又说道，"我这外甥初出茅庐，就此托付三位了。"邓有米抢在余校长前面说："已研究过了，高低都不就，就中间，让他跟孙主任两个月，然后接孙主任的班，孙主任再接余校长的班，余校长腾出来抓全盘工作和全村的扫盲工作。"舅舅第一次笑了。

邓有米见缝插针，猛地问："万站长，今年还有没有民办教师转正的名额？"张英才听了心里一愣，他见旁边的孙四海也竖起耳朵等回音，舅舅想也不想，坚决地回答："没有！"大家听了很失望，连张英才也有点失望。

看见舅舅走远了，张英才忽然感到孤单。旁边的邓有米忽然说："快去，你舅舅在招呼你呢！"一看舅舅在招手，他连忙跑过去，到了近处，舅舅说："忘了件事，他们要问你这眼镜是几多度，你就说是四百度。"张英才说："我还以为你跟我说什么秘密事呢。"舅舅没理，走了。

剩下他和他们三个时，他们果然问他的眼镜多少度，他不好意思说，但最终仍说是四百度。孙四海借去试了试，然后说："不错，是四百度。"张英才见遇上了真近视，不由得有些后怕，同时佩服舅舅想得真周到，这样的人，犯了错误也不会让别人察觉。

下午仍然只有一节课，张英才陪着孙四海站了两个多小时。孙四海怎么样讲课他一点也没印象，他一直在琢磨六个年级分三个班，这课怎么上。中间孙四海扔下粉笔去上厕所，他跟上去趁机问这事，孙四海说，我们这学校是两年招一次新生。返回时，教室里多了一头猪。张英才去撵，学生们一齐叫起来，说这是余校长养的，它就喜欢吃粉笔灰，孙四海在门口往里走着说，别理它就是。往下去，张英才更无法专心，他看看猪，看看学生，心里很有些悲凉。

山上黑得早，看着似黄昏，实际才四点左右。学校放学了，留在余校长家住宿的十几个学生，在一个个头较高的男孩带领下，参差不齐地往旁边的一个山洼走去。眼里没有学生，只有猪，张英才感到很空虚。他取下那只凤凰琴，拧下钢笔帽，左手拿着拨弦，右手按那些键，试着弹了一句曲子，不算好听，过得去而已，弹了几下，就没兴趣了。他歇下来后，忽地一愣：怎么音乐还在响？再听，才知是笛子声。张英才趴到窗口一望，见孙四海和邓有米一左一右背靠背靠在外面的旗杆上，各人横握一根竹笛，正在使劲吹着。

山下升起了雾，顺着一道道峡谷，冉冉地舒卷成一个个云团，背阳的山坡铺着一块块阴森的绿，早熟的稻田透着一层浅黄，一群黑山羊在云团中出没着，有红色的书包跳跃其中，极似潇潇春雨中的灿烂桃花。太阳正在无可奈何地下落，黄昏的第一阵山风就吹褪了它的光泽，变得如同一只绣球，远远的大山就是一只狮子，这是竖着看，横着看，则是一条龙的模样。

吹出的曲子觉得很耳熟，听下去才搞清是那首《我们的生活充满阳光》，节奏却是慢了一倍。两支笛子一个声音高一个声音低，缓慢地吹出许多悲凉。张英才心里跟着哼一句试试，那节奏，半天才让他哼出"幸福的歌儿"几个字。他也走到旗杆下，道："这个曲子要欢快些才好听。"他们没理他。张英才就在一旁用巴掌打着节拍纠正。可是没用。张英才惆怅起来，禁不住思索一个问题：能望见这杆旗的地方，会不会听见这笛声？

忽然哨声响起，余校长叼着一只哨子，走到旗杆下，跟着那十几个学生从山洼里跑回来，在旗杆面前站成整齐的一排。余校长望望太阳，喊了声立正稍息，便走过去将带头的那个学生身上的破褂子用手理理。那褂子肩上有个大洞，余校长扯了几下也无法将周围的布扯拢来，遮住露出来的一块黑瘦的肩头。张英才站在这个队伍的后面，他看到一溜瘦干干的小腿，脚上都没有穿鞋。这边余校长见还有好多破褂子在等着他，就作罢了。这时，太阳已挨着山了。余校长猛地一声厉喊："立正——奏国歌——降国旗！"在两支笛子吹出的国歌声中，余校长拉动旗杆上的绳子，国旗徐徐落下后，学生们拥着余校长，捧着国旗向余校长的家走去。

这一幕让张英才着实吃了一惊。一转眼想起读中学时，升降国旗的那种场面，又觉得有点滑稽可笑。邓有米走过来问他："晚上有地方吃饭没有？"张英才答："我在余校长家搭伙。"邓有米说："你是想回到旧社会吗？走，上我家去吃一餐，习惯得了，以后干脆咱们搭伙算了。"张英才推了几把，见推不脱就同意了。

路不远，只是要翻两个山包。邓有米的妻子长得很敦实，左边生了个疤癞眼。见张英才老看她，邓有米就说："她本是个丹凤眼，前年冬天我在学校开会没回，她夜里来接我，半路上被狼舔了一下，就落下个残疾。"张英才说："这么苦的事，我舅舅他们了解吗？"邓有米说："都是余校长嘴严言辞短，什么苦都兜着不说出去，从不跟上面汇报，还说万站长在这儿待了十年，他还不知道这儿的底细吗？不说人家心里会记着，说多了人家反会嫌弃。"张英才说："我舅舅是常挂惦着你们，所以才特地放我来这儿锻炼的。"邓有米说："你锻炼一阵就可以走，我是土生土长的，哪怕是转了正，也离不开这儿。"说着忽然一转话题："万站长一定和你交了底，什么时候有转正的指标下来？"张英才说："他的确什么也没说，他是个老左，正派得很。"邓有米的妻子插嘴说："疼外甥，疼脚跟，舅甥中间总隔着一层东西。"邓有米瞪了她一眼："你懂个屁，快把饭菜做好端上来。"复又说："我打听过，我的年龄、教龄和表现都符合转正要求，现在一切都等你舅舅开恩了。"

香喷喷的一碗腊肉挂面端到张英才面前。邓有米说："不是让你搞酒吗？"妻子说："太晚了，来不及，反正又不是来了就走，长着呢，只要张老师不嫌，改日我再弄一桌酒。"邓有米说："也罢，看在小张的面上，不整你了。"张英才听出这是一台戏，在家时，来了客，父亲和母亲也常这样演出。一般人做客这碗里的肉只能吃一小半留一多半，张英才饿极了，又知道邓有米有求于他，就将碗里全吃光了。直吃得满头大汗，才记起这是夏天。山上凉得很，刚出来的汗不用擦马上就干了。张英才打了个喷嚏，他怕得感冒，就起身告辞。邓有米拿上手电筒送他。

路上，他忽然介绍起孙四海的情况，他说孙四海打着勤工俭学的幌子，让学生每天上学放学在路边采些草药，譬如金银花什么的，交到一个叫王小兰的女人家里，积成堆后再拿去卖。 孙四海不结婚就是因为从十七八岁起，就和王小兰搞上了皮绊，王小兰的丈夫得了黄瓜肿的病，就是慢性黄疸肝炎，什么事也做不了，一切全靠孙四海。 邓有米最后说要是哪天半夜听到笛子响了起来，那准是王小兰在他那里睡过觉，刚走。

要是没有后面这句话，张英才一定会讨厌孙四海这个人。 有后面这句话，张英才觉得孙四海活像他那本小说里那小城中的年轻人，浪漫得像个诗人。 有一句话，他掂量了一番后才说："邓校长，我舅舅不喜欢别人在他面前打小报告，他说这是降低了他的人格。"邓有米听了他编造的这句话，就不再说孙四海了，回头说自己有哪些缺点。 这时他们爬上了学校前面的那个山包，张英才就叫邓有米回去。

回到屋里点上灯，拿起小说看了几行，那些字都不往脑子里去。 搁下书，他拿起琴，琴盒上写着："赠别明爱芬同志存念1981年8月。"张英才看了两遍后，就不看了，随手将《我们的生活充满阳光》弹了一遍，有几个音记不准，试了几次。 到弹第五遍时，才弹出点味道。 山空夜寂，仿佛世外，自己弹自己听，挺能抒情。

这时，门被敲响了。 拉开后，门外站着余校长，欲言又止的样子。 张英才问："有事吗？"余校长支吾着："没有事。 山上凉，多穿件衣服。"张英才想起一件事："正想过去问你，这琴盒上写着的明爱芬同志是谁？"余校长等一会儿才答:"就是我妻子。"张英才说:"用她的琴,她会生气吗?"余校长冷冷说:"你就用着吧,什么东西对她都是多余的。她若是能生气就好了。她不生气,她只想寻死,早死早托生。"张英才吓了一跳。

睡不着,他想不出再给女同学写信用怎样的地址。半夜里,低沉而悠长的笛子忽然吹响了。张英才从床上爬起来,站到门口。孙四海的窗户没有亮,只有两颗黑闪闪的东西。他把这当成孙四海的眼睛。笛子吹的还是《我们的生活充满阳光》,吹得如泣如诉,凄婉极了,很和谐地同拂过山坡的夜风一起,飘飘荡荡地走得很远。

夜里没有做梦,睡得正香时,又听到了笛声,吹的又是《国歌》。张英才睁开眼,见天色已亮,赶忙爬下床,披上衣服冲到门外。他看到余校长站在最前面,一把一把地扯着旗绳,余校长身后是邓有米和孙四海,再后面是昨天的那十几个小学生。九月的山里晨风大而凉,队伍最末的两个孩子只穿着背心裤头,四条黑瘦的腿在风里瑟瑟着。张英才认出这是余校长的两个孩子。国旗和太阳一道,从余校长的手臂上冉冉升起来。

张英才说:"我迟到了。怎么昨天没人提醒我?"余校长说:"这事是大家自愿的。"张英才问:"这些孩子能理解吗?"余校长说:"最少长大以后会理解。"说着余校长眼里忽然涌出泪花来。"又少了一个,昨天还在这儿,可夜里来人将他领走了,他父亲病死了,他得回去顶大梁过日子。 他才十二岁。 我真没料到他会对我说出那样的话。 他说他家那儿可以望见这面红旗，望到红旗他就知道有祖国、有学校，他就什么也不怕。"余校长用大骨节的手揉着眼窝。 孙四海在一旁说："就是领头的那个大孩子，叫韩雨，是五六年级最聪明的一个。"张英才知道这是说给自己听的。

张英才感动了，说："余校长，这些事你该向我舅舅他们反映，让国家出面关心一下这些孩子。"余校长说："这山大得很咧，许多人连饭都吃不饱，哪能顾到教育上来哟。"又说，"听说国家派了科技扶贫团来，这样就好，搞科技就要搞教育，孩子们就有希望了。"邓有米插嘴："还希望我们几个都能转正。"张英才的情绪就被破坏了，他扭头进屋去刷牙洗脸。

拿上毛巾牙刷牙膏，走到屋子旁边的一条小溪，掬了一捧水润润嘴，将牙刷搁到牙床上带劲地来回扯动。 忽然感觉身边有人，一看是孙四海。 孙四海提一只小木桶来汲水，舀满后并不急着走，站在边上说："你不该动那凤凰琴。"张英才没听清："你说什么？"孙四海又说了一遍："我们是从不碰那凤凰琴的。"张英才想再问，忙用水漱去嘴里的白沫。 孙四海却走了。

早饭是在余校长家吃的。 是昨夜的剩饭加上野芹菜一起煮，再放点盐和辣椒压味。 没有菜，有的学生自己伸手到腌菜缸里捞一根白菜梗，拿着嚼。 旁边的想学他，伸手捞了几下没捞着，缸太大，他人小够不着缸底，就生气，说先前的学生多吃多占他要告诉余校长。 张英才站在他们中间勉强吃了几口，就走了出来，回到房间摸出两个皮蛋，揣在口袋里，又到溪边去。 他倒掉碗里那种猪食一样的东西，涮干净后，独自坐在水边的青石上剥起皮蛋来。 一边剥一边哼着一首歌，刚唱到"路边的野花你不要采"一句，一个影子现在他的脸上。 他吃了一惊，冲着走到近处的孙四海道："你这个人是怎么了，阴阳怪气的，像个没骨头的阴魂。"见到滚落溪中的是个皮蛋，孙四海也不客气地道："我也太自作多情了，见你吃不惯余校长家的伙食，就留了几个红芋给你，没料到你自己备有山珍海味。"他把手中的红芋往地上一扔，拔腿就走。

张英才捡起红芋，来到孙四海的门口，有意大口大口地吃给他看。 孙四海见了不说话，埋头劈柴。 红芋吃光了，张英才只好去开教室的门。 孙四海在背后叫："张老师，今天的课由你讲。"张英才毫不谦虚："我讲就我讲。"连头也没有回。

山里的孩子老实，很少提问，张英才照本宣科，觉得讲课当老师并不艰难，全凭嘴皮子，一动口就会。 孙四海从头到尾都没来打照面，他也一点不觉得慌。 先教生字生词，再朗读课文三五遍，然后划分段落，理解段落大意、课文中心思想，最后是用词造句或模拟课文写一篇作文，上学时老师教他们用的一套他记得一点没走移。 余校长在窗外转过几回，邓有米装作来借粉笔，进了一趟教室，他拿上两支粉笔后道："张老师一定得了万站长真传，课讲得好极了。"

挨到下学，张英才看到孙四海一身泥土，从后山上下来，钻到屋里烧火做饭。他也尾随着进了屋，见孙四海不大理他，讪讪地说："孙主任，干脆我上你这儿来搭伙吧？"孙四海冷冷地说："我不想拍谁的马屁，也不愿别人说我在拍谁的马屁。其实，你没必要和人搭伙，自己屋里搭座灶就成。"张英才说："我不会搭灶。"孙四海说："想搭？我和班上的叶碧秋说一下，她父亲是个砌匠，让他明天来。"张英才说："这不合适吧？"孙四海说："要是你自己动手做，那才真不合适，家长知道了会认为你瞧不起他。"说着话旁边来了一个女孩。

女孩长得眉清目秀，挺招人喜爱，身上衣服虽然也补过，看起来却像天然的。女孩笑笑径直到灶后帮忙烧火。张英才问："这是谁家的女伢儿？"孙四海答："她叫李子，她妈就是王小兰。"说时把目光直扫张英才，仿佛说想问什么就尽管问。张英才由于听邓有米说过孙四海与王小兰的事，见孙四海这么直爽，反倒不好意思起来。于是转过话题，说："灶没搭起来，我就在你这儿吃，你撵不走我的。"孙四海怪自己主意出坏了，说："让你抓住把柄了。先说定，灶一做好就分开。"张英才连忙点点头，孙四海正在切菜，吩咐李子给锅里添一把米。

吃饭时，孙四海和李子坐在一边，张英才越看越觉得两人长得极像。 他记起教室学习栏上有篇范文好像是李子写的，便端上饭碗边吃边走到教室，范文果然是李子写的。

题目叫《我的好妈妈》。 李子写道：妈妈每天都要将同学们交到我家的草药洗净晒干，再分类放好，聚上一担，妈妈就挑到山下收购部去卖。 山路很不好走，妈妈回家时身上经常是这儿一块血迹，那儿一块伤痕。 今年天气不好，草药霉烂了不少，收购部的人又老是扣秤压价，新学期又到了，仍没凑够给班上同学买书的钱，妈妈后来将给爸爸备的一副棺材卖了，才凑齐钱，交给孙老师去给同学们买书。 妈妈的心很苦，她总怕我大了以后会恨她，我多次向她保证，可她总是摇头，不相信我的话。

张英才看完后，没有回到孙四海的屋里，孙四海喊他将碗送去洗，他才从自己屋里出来，碗里盛着剩下的八个皮蛋。 他对李子说："放学后将这点东西带回去给你妈，就说有个新来的张老师问她好！"李子不肯接。 孙四海说："拿着吧。 代你妈谢谢张老师。"李子谢过了，张英才忍不住用手在她的额上抚摸了几下。

下午是数学课，他先不上数学，将李子的作文抄在黑板上，自己先大声朗诵一遍，又叫学生们齐声朗读十遍。 学校教室破旧了，窟窿多，不隔音。 上午上语文，下午上数学，这是全校统一安排的，目的是避免读语文时的吵闹声，干扰了上数学课所需要的安静。 三四年级的大声读书声，搅得一二和五六年级不得安宁。 邓有米跑过来，想说话，看到黑板上抄着的作文，脸上有些发白，就一声不吭地回去了。 余校长没进教室，就在外面转了两趟，也没说什么。

放学后，笛子声又响了起来。 老曲子。 《我们的生活充满阳光》。 张英才站在一旁用脚打着拍子，还是压不着那节奏，那旋律慢得别扭，他有点不明白这两支笛子是如何配合得这么好。 后来，他干脆就着这旋律朗诵起李子的作文来。 他的普通话很好，在这样的傍晚里又特别来情绪，一下子就将孙四海的眼泪弄了出来。 降了国旗，张英才拦住邓有米问："邓校长，李子的这篇作文你认为写得怎么样？"邓有米眨眨眼答："首先是你朗诵得好，作文嘛不大好说，你说呢，孙主任？"孙四海一点不回避："只说一个字：好！"邓有米逼了一句："好在哪里？"孙四海答："有真情实感。"余校长这时踱过来说："孙主任，我看你那块茯苓地的排水沟还是不行，如果雨大一点就危险了。"孙四海说："底下太硬了，挖不动，我打算叫几个学生家长来帮忙挖一天。"余校长说："也好，我那块地的红芋长得不好，干脆提前挖了，让学生们尝个新鲜。 家长们来了，叫他们顺带着把这事做了。"又说："邓校长，你家有什么事没有？免得再叫家长来第二次。"邓有米："我没事要别人干。 我说过，我们又不是旧社会教私塾的先生——"话没说完，孙四海扭头走了，一边走一边狠狠甩笛子里面的口水。

李子回家去了，放学时垸里有人路过学校顺路带她回去的，在平时，都是孙四海送她。 张英才蹲在灶后烧火，几次想和孙四海说话，但见他满脸的阴气就忍住了。 直到吃饭，两人都没开口。 一顿饭默默地快吃完了，油灯火舌一跳，余校长的小儿子钻进门来："孙主任、张老师，我妈头痛得要死，我父问你们有止痛的药没有，有就借几粒。"孙四海说："我没有，志儿。"张英才忙说："志儿，我有，我给你拿去。"临出门，他回头说："孙四海，你像个男人。"回到屋里，他将预防万一的一小瓶止痛药，全部给了志儿。

夜里，张英才无事可干，又弄起了凤凰琴。 偶然地，他觉得有些异样，琴盒上写的赠别明爱芬同志存念与1981年8月这两排字之间，有几个什么字被别人用小刀刮去了。 刮得一点墨迹也没剩，留下一片刀痕。

外面的月亮很好，他把凤凰琴搬到月亮地里，试着弹了几下。 弹不好，月光昏昏的，看不见琴键上的音阶。 他好不扫兴，就用钢笔帽猛地拨动琴弦，发出一阵阵刺耳的和声。 忽然间余校长屋里有女人发出一声尖叫，宿在余校长屋里的学生惊慌地哭起来。 张英才急步过去，大门闩得死死的，敲不开，他就叫："余校长！ 余校长！ 有事吗？ 要人帮忙吗？"余校长在屋里答："没事，你去睡吧！"他趴在门缝上，听到里面余校长的妻子在低声抽泣着，那情形是安静下来了。 他想了想就绕到屋后，隔着窗户对屋里的学生们说："别害怕，我是张老师，在替你们守着窗户呢！"刚说完，山坡上亮起了两对绿色的小灯笼，他死死忍住没有惊叫，脚下一点不敢迟疑，飞快地逃回自己屋里。

进屋后，才记起将凤凰琴忘在外面，还忘了解小便。他不敢开门出去，在后墙根上找了个洞，哗哗啦啦将身子放干净了，就去床上捉蚊子睡觉。凤凰琴在外面过一夜，明早再拿不要紧。

捉完蚊子，再看几页小说，困意就上来了，这是昨夜没睡好的缘故。他本打算吹灭灯，噘起嘴巴，又变了主意，从蚊帐里伸出一只手，将煤油灯拧小了。一阵风从窗口吹进来，手臂凉丝丝的。他想父母这时一定还在乘凉，大山杪子上就只有一宗好处，再热的天也热不着。

虽然困，心里总像有事搁着睡不稳。迷迷糊糊中，听到窗口有动静，一睁眼睛，看到一只枯瘦的白手，正在窗前的桌子上晃动着要抓什么。张英才身上的汗毛一根根都竖起几寸高，枕边什么东西也没有，只有一本小说集，他抓起来隔着蚊帐朝那只手砸去，同时大叫一声："抓鬼呀！"那只手哆嗦了一下，跟着就有人说话："张老师别怕，是我，老余呀。见你灯没熄，想帮你吹熄。睡着了点灯，浪费油，又怕引起火灾。"末了补一句，"学生们交点学杂费不容易呀！"一听是余校长，张英才就没好气了："这大年纪了，做事还这么鬼鬼祟祟的，叫我一声不就行了！"余校长理亏地应道："我怕耽误了你的瞌睡。"

这事过去不一会儿，张英才刚寻到旧梦，余校长又在窗前闹起来，叫得有些急："张老师，赶快起来帮我一把。"张英才躁了："你家水井起火了还是怎么的？"余校长说：

"不是的，志儿他妈不行了，我一个人动不了手。"张英才赶忙一骨碌爬起来，跟着余校长进了他妻子的房。前脚还没往里迈，后脚就在往后撤。明爱芬光着半个上身，直挺挺地躺在床上，满屋一股恶心的粪臭。余校长在里面说："张老师，实在无法，就委屈你一回！"张英才看看无奈何了，只有进去。

一看明爱芬只有出气没有进气，脸憋得像只紫茄子。余校长分析一定是吞了什么东西憋在喉咙里，并简要地历数了她以前吞过瓦片、石子和小砖头等东西，张英才心里一动，脸上发愣，想这女人命真大，自杀多少次还活着。余校长和他简单地商量了一下，决定由一个人扶着明爱芬，另一个人用手拍她的背，看看能不能让她吐出什么东西来。明爱芬大小便失禁，身上脏得很，余校长自己习惯了，就上去扶，露出背让张英才拍。张英才不敢用力，拍了几下没效果，余校长就叫他在床沿上练练，连连拍几下余校长不满意，要他再用力些。他心一横，想着这是下谁的黑手，一掌下去，打得床一晃。余校长说："就这样。非得这样才出得来。"张英才看准那地方猛地一巴掌下去，只见明爱芬脖子一梗，哇地吐出一只小瓶子来。正是刚天黑时，志儿去借药，张英才给他的那一只。余校长将明爱芬安顿好，看着她睡过去。明爱芬喉咙一咕咙，说了一句梦话："死了我也要转正。"

出得屋来，余校长将志儿从学生们睡的那间屋里，一把提到堂屋，朝屁股上打了几巴掌，骂他多大了还不开窍，又将不该给的东西给他妈。 志儿不哭，全身缩成一团。 张英才上去讨保，余校长才将他送回床上，并对那些吓醒了的学生说："没事，明老师又闹病了，大家安心睡吧，明天还要起早升国旗呢！"

送张英才回屋的路上，两人站在月亮地里说了一会儿话，余校长解释，他家过去发生这类事，从不请别人帮忙，现在一身的风湿，使不上劲才求他。 张英才很奇怪，怎么过去不叫孙四海帮一帮？ 余校长说自己天黑以后从不去孙四海屋里，怕碰见不方便的事。 说了之后又声明，孙四海是少有的好人。 张英才请他放心，孙四海的事就是自己的事，任谁也不告诉。 张英才又追问邓有米为人怎么样，余校长表态说这个人其实也是不错的一个。 张英才于是说："你果真是和事佬一个。"余校长问："谁告诉你的！"张英才供出是邓有米，余校长听了反而高兴起来道："我怕他会对我有很大意见呢！"

张英才抓住机会问："那凤凰琴是谁送你爱人明老师的？"余校长反问："你问这个干什么？"张英才道："问问就问问呗！"余校长叹口气："我也想查出来呢，可明老师她死不说明。"张英才不信："你俩一个学校里住这久，还不知道？"余校长说："我比她来得晚，最早是她和你舅舅万站长两个。 之前，我在部队当兵。"

张英才有些信这话，分手后，他顺便将凤凰琴捡进屋。到灯下一看，凤凰琴琴弦被谁齐齐地剪断了。

　　天刚现亮，就有人来敲门。张英才以为是余校长叫他起来升国旗，开开门，门口站的是怯生生的叶碧秋。叶碧秋说："张老师，我父来了。"这才看见旁边站着一个模样很沧桑的男人。叶碧秋的父亲很恭敬地道："张老师，我来打扰了。"张英才忙说："剥削你的劳动力，真不好意思。"叶碧秋的父亲紧忙答："张老师你莫这样说，烂泥巴搭个灶最多只能用个十年八载，你教伢儿一个字，可是能受用世世代代的。"张英才不解："能用一辈子就不错了，哪能用世世代代的？"叶碧秋的父亲说："过几年，她找了婆家，结婚生孩子后，就可以传到下一代，认的字不像公家发的这票那证，不会过期的。"张英才听了心里一动："你这孩子聪明，婚姻的事别处理早了，让她多发展几年。"叶碧秋的父亲说："我是准备响应号召，让她搞好计划生育的。"

　　听出这话是言不由衷的。叶碧秋的父亲放下工具，也不歇，在地上画了一个圈，就开始搭起灶来。他本来在别处做屋，将人家的事搁一天，先赶到这儿来，到外面两支笛子吹奏国歌时，灶已搭到齐腰高。张英才忽然想起自己还没有备着锅。他问孙四海哪里有锅卖，邓有米一旁听着接腔应了，说自己家里有口锅闲着没用，给他拿来就是。到上课时，邓有米果然顶着一口黑锅来了。张英才只有谢过并收下。

　　上午十点钟左右，张英才从窗户里看到山路上走来了父亲。父亲给他带来了一封信和一罐头瓶猪油，还有一瓷缸腌菜。他对父亲说："正愁没有油炒菜，你就送来了及时雨。"父亲说:"我还以为学校有食堂,带点油来打算让你拌菜吃。"他问:"妈的身体好吗?"父亲说:"她呀,三五年之内没有生命危险。"张英才见父亲说了一句很文气的话,就说:"父,没想到你的水平也提高了。"父亲说:"儿子为人师表,老子可不能往你脸上抹粪。"张英才嫌父亲后一句话说得太没水平了,就去拆信看。

信是一个叫姚燕的女同学写来的,三页信纸读了半天才读完。前面都是些废话,如同窗三载、手足情长,等等,关键是后面一句话,姚燕在信上说,毕业以后,除了这一次给他以外,她没有给任何男同学写过信。虽然这话的后面就是此致敬礼,张英才仍读出许多别的意思来。姚燕的歌唱得特别好,年年元旦、元宵、三八、五一、五四、五二三、七一、八一、十一等时节,只要县文化馆举办歌手比赛或晚会,她就报名参加,为此影响了学习,但她总说自己不后悔。姚燕长得不漂亮,但模样很甜很可爱。所以,张英才想也不想就趴到桌子上赶紧写回信,说自己也是第一次给女同学写信,等等。

想到姚燕唱歌,就想到自己将来可以用凤凰琴为她伴奏。他去动一动凤凰琴,才记起琴弦已被人剪断了。不知是谁这样缺德。张英才将琴打开后,搁在窗台外面,让断弦垂垂吊吊的样子,去刺激那做贼心虚的人。

因是第一次来校,余校长非要张英才的父亲上他家吃饭。灶还没有搭好,没理由不去。吃了饭出来,父亲直感叹余校长人好，自己的家庭负担这么重，还养着十几二十个学生，还说："你舅舅的站长要是让我当，我就将他全家的户口都转了。"张英才说："你莫瞎表态，舅舅那小官能屙出三尺高的尿？转户口得县公安局局长点头才行。"

说着话，忽然山坡上有人喊余校长派人到下面垸里去领工资。余校长便拉上张英才做伴。到了垸里才搞清，乡文教站的会计给这一带学校的老师送工资和民办教师补助金时，在路上差一点被抢了，幸亏跑得快，只是头上被砸破了一个窟窿，流了很多血，走到垸里后就再也走不动了。余校长签字代领了几个人的补助金，走时安慰那会计说："这案子好破，你只要叫公安局的人到那些家里没人读书的户里去查就是。"张英才拿了钱后，随口问："补助金分不分级别？"余校长说："大家一样多。"张英才一默算竟多出一个人的钱来，心想再问，又怕不便。回校后他就给舅舅写了一封信，要舅舅查查为什么这里只有四个民办教师，余校长却领走五个人的补助金。

两封信都交给了父亲。还嘱咐父亲将姚燕的信寄挂号，怕父亲弄错，他说邮费涨了价，现在挂号得五角。父亲要他给钱。他有点气，说："父子之间，你把账算得这么清干什么，日后有我给你钱用的时候。"父亲听出这话的味："好好，谁叫水往上涨，恩往下流呢！"

父亲走时，他正在上课。听见父亲在外面叫一声："我走了哇！"他走到教室门口挥挥手就转回来。刚过一会儿，叶碧秋的父亲搭好了灶也要走。 张英才放下粉笔去送他，他对张英才说："你父让我转告你，他将那一瓶猪油送给余校长了，他怕你生气，不敢直接和你说。 他说他中午在余校长家吃饭，那菜里找半天才能找到几个油星子。"

这天特别热闹，放学后，国旗刚降下，呼呼啦啦地来了一大群家长。 总有十几个，也不喝茶，分了两拨，一拨去挖孙四海茯苓地的排水沟，一拨去帮余校长挖红芋。 大家都很忙乎，没人注意到张英才，更没人注意到断了弦的凤凰琴。张英才到孙四海的茯苓地里转了转，大家都在议论。 孙四海这块地的茯苓丰收了，地上裂了好些半寸宽的缝，这是底下的茯苓特大，涨的。 孙四海头一回笑眯眯地说，自己头几年种的茯苓都跑了香。 张英才问什么叫跑了香。 孙四海说，茯苓这东西怪得很，你在这儿下的香木菌种，隔了年挖开一看，香木倒是烂得很好，就是一个茯苓也找不到，而离得很远的地方，会无缘无故地长出一窝茯苓来，这是因为香跑到那儿去了，有时候，香会翻过山头，跑到山背后去的。 张英才不信，认为这是迷信。 大家立即对他有些不满，只顾埋头挖沟不再说话。 张英才觉得没趣，便走到余校长的红芋地里。 几个大人在前面挥锄猛挖，十几个小学生跟在身后，见到锄头翻出红芋来，就围上去抢，然后送到地头的箩筐里。红芋的确没种好，又挖早了，最大的只有拳头那么大。 余校长说，反正长不大了，早点挖还可以多种一季白菜。 张英才看见小学生翘屁股趴在地上折腾，初始，心里直发笑，而后见到他们脸上粘着鼻涕粘着泥土，头发上尽是枯死的红芋叶，想到余校长将要像洗红芋一样把他们一个个洗干净。他喊道："同学们别闹，要注意卫生，注意安全。"余校长不依他，反说："让他们闹去，难得这么快活，泥巴伢儿更可爱。"余校长用手将红芋一拧，上面沾的大部分泥土就掉了，送到嘴边一口咬掉半截，直说鲜甜嫩腻，叫张英才也来一个。张英才拿了一个要去溪边洗，余校长说："莫洗，洗了不鲜，有白水气味。"他装作没听见，依然去溪边洗了个干净，他不好再回去，只有回屋烧火做饭。

走到操场中间，听见有童音叫张老师，一看是叶碧秋。他问："你怎么没回家？"叶碧秋答："我细姨就住在下面垸里，我父让我上她家去为张老师要点炒菜的油来。"果然，半酒瓶菜油递到了面前。张英才真的有些生气了："我又没像余校长一人照顾二十几个，怎么会要你去帮我讨吃的呢？"叶碧秋吓得要哭。张英才忙变换口气："这次就算了，以后别再自作聪明了。"叶碧秋忙放下油瓶，转身欲走。张英才拉住她说："你帮我一个忙，问问余校长的志儿，他知不知道是谁弄断了凤凰琴的琴弦。"见叶碧秋点了头，他就送她回细姨家。进垸后才知道，她细姨就住在邓有米的隔壁。

邓有米见到后又留他吃晚饭，他谎称已吃过，坚决地谢绝了。往回走时，张英才记起叶碧秋刚才走路时款款的样子，很像那个给他写信的女同学姚燕，他有点担心父亲会不会将他的回信弄丢。 他又想，可惜叶碧秋比姚燕小许多。

天气一天比一天凉，学校里的事几天就熟悉了，每日几件旧事，做起来寂寞得很，凤凰琴弦断了一事，便成了真正的大事件。 等了几个星期不见叶碧秋找他汇报情况，反而老躲着他，一放学就往家里跑。 星期六下午一上课张英才就宣布，放学后叶碧秋留下来一会儿。 叶碧秋果然不敢抢着跑了。

张英才问她："你问过余志儿没有？"叶碧秋说："问过，他说是他干的，还要我来告诉你。"张英才说："那你怎么迟迟不说？"叶碧秋说："他说他知道我是你派来的特务汉奸。 我要是说了，就真的成了特务汉奸。"张英才说："那你为什么还要说？"叶碧秋说："我父说，是你问我、要我说就不一样。"他说："我不相信是志儿干的。"叶碧秋说："我也不相信，志儿尽冒充英雄。"他说："那你再去问问他。"叶碧秋说："我不敢问了。 上一回，他说他吃了蚯蚓，我说不信，他就当面捉了一条蚯蚓吃了。"眼看谈不妥，张英才就放叶碧秋走了。

星期六的国旗降得早些，原因是老师要送那些路远的学生回家。 尽管降国旗时，全校的学生都参加了，但由于太阳还很高，天空还很灿烂，邓有米和孙四海的笛子吹不出黄昏时的那种深情，气氛也就没有往日的肃穆。 降完旗，邓有米、孙四海和余校长各带一个路队，往校外走。 学校里显得特别冷清。 张英才试过几回这种滋味了，星期六、星期天这两天夜里，就像山顶上的一座大庙，寂寞得瘆人。余校长总说他路不熟，留他看校。张英才这回耍了个小心眼，悄悄地跟上了孙四海这一路。直到走出两三里远，才从背后撵上去打招呼。孙四海见了他有点意外，嘴上什么也没说，依然牵着李子的手，一步步稳稳地走着，还不断提些课堂上的问题，让李子回答。李子若是到路边采山楂时，孙四海必定在旁边紧紧守护着。这一路队有六个学生，到第一个学生的家时，已走了近十里路。张英才走热了，脱下上衣只穿一件背心，说："这十里路，硬可以抵我们畈下的二十里。"孙四海说："难走的还在后头呢！"

路的确越来越难走。草丛中的蛇蜕也越来越多，孙四海从裤兜里掏出一个塑料袋，将捡到的蛇蜕小心地装进去。张英才看到一只蛇蜕，鼓起勇气把手伸了出去，刚一触到那发糙的乳白色东西时，身上就一阵阵起疙瘩。李子在旁边说："张老师怕蛇了！"孙四海说："李子你用一个成语来形容一下。"李子想了想说："杯弓蛇影。"孙四海轻轻抚了一下那片微微发黄的头发。张英才不由得尴尬起来。蛇蜕有许多，塑料袋装得满满的。孙四海不让学生们再捡，要他们赶紧走路。张英才站在山梁上还以为离天黑还有会儿，一下到山沟，就很难看清路了。

学生们陆续到家，只剩下一个李子。最后李子也到家了。李子的母亲就站在家门口，一副等了很久的样子。孙四海将塑料袋递过去，李子的母亲也将一只装得满满的袋子递过来。都交换了，孙四海才说："李子这几天夜里有些咳嗽。"又介绍说："这是新来的张老师，以后由他带李子的课。"张英才不知道怎么称呼好，只有点点头。李子的母亲也在点头，点得很深，像是在鞠躬。然后问："不进屋坐会儿？"孙四海忧郁地答："不坐了。"黑暗中，张英才似乎看清这女人是个哀戚戚的冷美人。

女人身后的屋里传出一个男人的呼唤："李子回来了吗？"孙四海立刻说："我们走了。"女人什么话也没说，牵过李子倚在门口伫望着离去的黑影。

远远望去，山上有一处灯火很像学校。一问，果真是的。张英才奇怪："李子回家不是多绕了十里路吗？"孙四海说："路是绕了点，但能多采些草药，她愿意。她不绕别的学生就要绕。"张英才壮壮胆后，忽然说："李子她妈不该嫁给她父。"孙四海愣了愣说："谁叫她娘家穷呢，这个男人那时是大队干部，又实心实意地喜欢她，她抗拒不了。谁知搞责任制后，他上山采药挣钱，摔断了腰。"张英才胆更大了，追问一句："那你当初怎不娶她？"孙四海叹口气："还不是因为穷，一听说我是民办教师，她娘家就将我请的媒人撵出了大门。"

正待再问，前面有人呻吟着唤他们。听声音是余校长。他们走拢去，见余校长拄着一根树枝靠在路边石头上。余校长解释自己是怎么成了这样子的。他送完学生返回天就黑了，路过一个田垄，明明看见一个人在前面走着，还叼着一只烟头，火花一闪一闪的，他走快几步想攒个伴，到近处，他一拍那人的肩头，觉得特别冰凉，像块石头，他仔细一打量，果然是块石头，不仅是块石头，还是块墓碑。他心里一慌，脚下乱了，一连跌了几跤，将膝盖摔得稀烂。余校长说："我想等个熟人做伴，回去看个究竟。"孙四海说："也太巧了。我们去看看，你丢下什么没有。"张英才知道这风俗，人走黑路受了惊吓，一定要赶忙回去找一找，以免有精气或魂魄失散了，不然迟早要大病一场。张英才不信这个，他胆子特别小，家里人总说这是受了惊吓找得不及时的缘故，所以，有时他又有点信。

回去一找，果然是座墓碑。看铭文知道是村里老支书的。学校就是老支书拍板让全村人，那时叫大队，勒紧裤带修建的。过去余校长常叹息说若是老支书在世，学校也不至于像现在这个破样子。这时，孙四海开口说："老支书，你爱教育爱学校我们都知道，可你这样做就是爱过头了，你要是将余校长惊出毛病来，事情可就糟了。你要想得正确，就请保佑我们几个人早点转正吧！"余校长一旁说："孙主任，你可别像邓校长，为了转正，不论是神是鬼，见到了就烧香磕头。"孙四海苦笑一声："余校长放心，我这是开玩笑。"

大家又说墓碑的事，一致认为是余校长看花了眼，再有另一种可能是遇上了磷火加上心里太紧张的缘故，引出幻觉。末了，余校长说，这种事山里常发生，不用大惊小怪。

边说边走，走到邓有米的家，门外喊了一声，他妻子出来应，才知道他还没有回来，邓有米送学生的路最远，有个学生离学校足有二十里，来回一趟整四十里。三个人进屋去说了一会儿话，邓有米在外面叫门。开门进屋，四人一凑情况，不由得吓了一跳，倒不是因余校长遇上怪事，而是邓有米撞着一群狼了。说巧都巧到一块儿去了，邓有米刚绕过一座山嘴，狼群就迎面冲过来，他吓得不知所措，站在路中间一动也不动，那狼也怪，像赶什么急事，一个接一个擦身而去，连闻也不闻他一下。

说到底，大家都笑。邓有米的妻子揉着泪汪汪的眼睛说："真是应了老古话，穷光蛋也有个穷福分。"余校长添一句："穷人的命大八字小。"

星期天，张英才就起床往家里赶。从山上往山下走，几乎是一溜小跑。二十里山路走完，山下的人才开始吃早饭。路上碰见了蓝飞，他也是星期天回家看看。两人只是见面熟，走到岔路上自然就分手了。一进家门他就问："妈，父呢？"母亲说："你父一早就到镇上拉粪去了。"他正想问她知不知道父亲寄过一封挂号信没有，一扫眼发现灶头上搁着一封写给他的信，也是挂号。拆开一看，只有一句话：时时刻刻等你来敲门。他先是一怔，很快就明白了意思，心里高兴地说，没有料到姚燕还这么浪漫有诗意。

母亲给他做了一碗腊肉面，正吃着，舅舅从外面走进来，见面就说："听说你回了，就连忙赶来，有个通知，正愁送不及时，你就赶紧带回学校去。"张英才说："刚到家，就要返回？"舅舅说："这是大事，贯彻义务教育法的精神，下下个星期要到你们那儿搞扫盲工作验收，一天也不能挨了。"张英才知道舅舅一定又在蓝二婶那儿，听蓝飞说他回了，就跑过来抓他的公差。 不过收到了姚燕的信，回家的主要目的就算达到了，早回校迟回校都是一个样。 他便从舅舅手里接过了通知，回头扒完碗里的面条腊肉，提上母亲匆匆给他收拾的一些吃食就上路了。

上山路走得并不慢，歇气时，他忍不住拿出姚燕的信来读，信纸上有一种女孩特有的香味，他贴在鼻子上一闻就是好久，这样就耽误了，还在半山腰上，就看见路旁独户人家开始吃午饭。 他也不急，从包里抠出两个熟鸡蛋，剥了壳咽下去，依旧走走停停。 走到邓有米家的后山上，他弃了正路，从砍柴人走的小路插下去。

邓有米家门口的粪凼里，有几个人正在忙碌着，将粪凼里的土粪一担担地往一块地里挑，地头上已堆起了一座黑油油的土粪堆。 张英才认出其中两个人，是上次帮孙四海挖茯苓地排水沟那帮家长中的。 邓有米也挽着裤腿在一旁走动，脚背以上却一点黑土也没沾。

见张英才来，邓有米不好意思地说："马上要秋播了，我怕到时忙不过来，昨天和家长们随便说起，没想到他们就自动来了。 其实，这土粪再沤一阵更肥些。"张英才说："现在你和余校长、孙四海摆平了。"邓有米说："其实，那天我那话没说清楚。"张英才抢白道:"那天你是想说民办教师本来就是教私塾的先生,是不是?"邓有米说:"你可不要对我有什么看法!"张英才说:"你不是怕我,你是怕我舅舅。你洗洗手!"邓有米眉毛一扬:"是不是有转正的名额下来了?"张英才说:"可不能先吐露,等大家到齐当面再说不迟。"

邓有米走在前面,乐得屁颠颠的,这个样子让张英才觉得很好笑。余校长不在家,领着志儿他们上菜地浇水去了,只有孙四海坐在门口吹笛子,曲子是黄梅戏《夫妻双双把家还》,又是将快乐吹成了忧伤。邓有米冲着他喊:"孙主任,到张老师屋里来开会。"孙四海放下笛子:"星期天开什么会?这地方,抓得再紧也不能提前达到小康水平。"邓有米说:"来吧来吧,这回亏不了你。"在等余校长期间,张英才将熟鸡蛋分给他俩一人一个,他自己也吃一个。边吃边说:"我有个俗语对联,看你们能不能对上:时时刻刻等你来敲门。"邓有米和孙四海想了一阵,认为这没有什么,再想想就能对出来。这时余校长来了,手也没洗满是泥土。邓有米说开会。张英才不急,要余校长帮忙对对联。余校长听了就说:"这个上联很难对,主要是那个'你'字。"邓有米忙插嘴:"'你'能对的字太少了,只有'我'和'他'两个字。"余校长说:"是原因之一,主要的还在之二,这个'你'字用在这里表示两人在互相盼望,下联只能用一个'我'字,就是这个'我'字来对也很勉强,所以,在这里是难有很好的下联的。"一席话说得大家都服了气，张英才心中有苦不便说出来，就岔开话说："我舅舅让捎个通知给你们，要你们按通知上的要求，尽快执行，做好准备工作。"

余校长接过通知看了看，就手递给将颈伸得老长的邓有米，让他读读。邓有米接过去，咳一下，清清嗓子响亮地读道："西河乡文教站文件，西文字第31号，关于迎接全县扫盲工作检查验收的紧急通知。"刚读完标题，邓有米脸就变色了，最后几个字几乎能听出一些哭腔。余校长问："邓校长，你怎么啦？"邓有米实在忍不住沮丧："我还当它是通知转正的文件，前几次的文件总是这个季节发下来。"邓有米不愿再读。孙四海不用人叫，自己拿过去，自己读起来。读得余校长一脸的严肃。

孙四海一合上文件，余校长就说："满打满算才剩十天时间，没空讨论研究了，今天我就独裁一回，从星期一起，咱们四个人作这样的分工，张老师正式带三四年级的课，孙主任将一二和五六年级的课一担挑了，抽出邓校长和我突击搞扫盲工作。"张英才打断余校长的话："我不懂，十天时间怎么能扫除文盲呢？"余校长头一回用不客气的语气说："不懂的事多得很，以后可以慢慢学，现在没空解释，这事关系到学校的前途，一点也放松不得。"余校长还宣布了几条纪律：一切为了山里的教育事业，一切为了山里的孩子，一切为了学校的前途。张英才听不懂这叫什么纪律，他想说这倒像是誓词。 余校长这一认真，显得像个领导者，让张英才生出几分畏惧，不敢乱插嘴。

余校长话不多，说完后就叫大家补充。 邓有米提出，要村里派个主要干部参加准备工作。 孙四海说："来个人又不能帮忙做作业、改作业，不如乘机叫村里将拖欠的工资补给我们。"邓有米连声叫好。 余校长苦笑一下："也只好出此下策了。 不过各位也得出点血，借此机会请支书和村长来学校吃餐饭。 每人十块钱，怎么样？"邓有米说："可以是可以，在谁家做呢？"余校长看了每人几眼，才犹豫地说："就在我家吧，明老师做不了饭，就另外请个会做饭的女人来帮帮。"孙四海低声说："我没意见，还可以让村干部感受一下学校里艰难的气氛。"至于请谁，商量半天唯有王小兰合适，她做的饭菜又省料又清爽。 这一切都定下来后，天就黑了。

吃过饭后，张英才就趴在煤油灯下冥思苦想，如何写上一句话，才能在姚燕的那句话上来个锦上添花。 他将那本小说集从头到尾翻了一遍，其中每一句有关爱情的话，都细细品过，竟没有一点现成的可供参考。 枯坐到半夜，余校长又在窗外察看，见他没睡，就打个招呼走回去。 他灵机一动，冒出一句话来：敲门太费时了，我要直接翻进你的窗户。 写了这句话后，张英才很激动，也不怕外面的黑暗，跑去敲孙四海的门。 刚敲一下，孙四海还没醒，他就觉得没意思，这样的话怎么和孙四海说呢，说了也不会有共同语言。 他悄

悄地退回去，身后孙四海醒了，问："谁呀？"张英才学了
一声猫叫："喵——"

村长、支书和会计是星期二来学校的，加上王小兰与学
校本身的四个人，刚好一桌。王小兰的菜其实做得不怎么
的，就是作料放得重，他们都说这菜做得有口劲。吃饭之
前，干部们先说了一个好消息：尽管村里经济困难，还是决
定先将拖欠教师的工资支付五个月，同时还希望全体老师能
在这次扫盲工作中，为村党支部和全村人民争光添彩。大家
都为这话鼓掌，余校长的妻子明爱芬，也在里屋鼓了掌。然
后吃饭喝酒。

酒至半酣就开始逗闹。会计死死拉着王小兰的手，非要
王小兰和他干一杯。学校的人都为她讨保，说她真的不会喝
酒。会计不答应，不喝酒他可以代她喝，喝一杯她必须亲他
一下。也不等王小兰分辩，会计端起王小兰的酒杯，一口喝
干，便将老脸往王小兰嘴上凑。孙四海的脸顿时涨得像一大
块猪肝，余校长怕出事，用手连连拉扯孙四海的衣角，邓有米
见势不妙，起身解手去了。张英才本与此事无关，又有很硬
的亲戚做后台，大家对他很客气。他见会计闹得有些过分，
就挺枪出马杀到两人中间，一手分开王小兰，一手将酒瓶倒
过来，斟满桌上的空酒杯，说："我代王大姐和你连干三
杯。"也不管会计同意不同意，一口气将酒杯喝干了三次。
会计是快六十岁的人了，一见张英才血气方刚的样子，就连
忙甘拜下风。孙四海的脸色也开始平和了。张英才岂肯白

喝三杯，拉扯之间会计叫起了头昏，说："我服了你，但酒是不敢喝的，我从桌子底下爬过去行啵？"张英才答应了，会计真的趴到地上去。 村长见了道："行行，就这样，意思到了就行。"张英才心里对村干部本是有意见的，自己来这儿教书都这长时间了，没有一个人来看看他，如此见村长在他面前打官腔，就来了气。 他也不说话，绕到会计的背后，双手抵住会计的屁股直往桌子底下推。 对面坐着的孙四海，将自己和凳子一起往后移了移，露出空当，让张英才将会计推到桌子这边来了。 会计恼羞成怒，爬起来时手里攥着一块肉骨头，要砸张英才，支书连忙抱住他，口称："醉了！ 醉了！ 别再喝了，撤席吧。 别让孩子们看见笑话我们！"送走了村干部，张英才看见王小兰趁人不注意，溜进了孙四海的屋子。 他装作走动的样子，轻轻到了窗外，听见里面女人的哭声嗡嗡的，像是电影镜头里两个人搂在一起时的那种哭声。 这天夜里，孙四海的笛声响了很久，搞不清楚是什么时候歇下来的。

　　第二天早上，见到孙四海时，人明显消瘦了许多，眼圈挨着的地方都是凹凹。 升完国旗，余校长吩咐，三四和五六年级，各抽十个成绩差的学生，交给他和邓有米安排。 按照成绩单倒着排，叶碧秋应该排名靠前，但倒数前十名还轮不上她。 张英才不理解余校长搞扫盲工作，要抽成绩差的学生做何用处。 问又得不到回答，因而多了个心眼，把叶碧秋派了去。

　　隔天，他问叶碧秋："余校长安排的事你都做了吗？"这次他吸取上次的教训，说话时绕了弯。叶碧秋果然很坦白地回答："余校长安排我代替余小毛的一年级的作业，我很认真地做了，余校长还表扬了我。"张英才问："你认识余小毛吗？"叶碧秋说："认识。前年他和我一起报名上一年级，上了两天课就没有再来，今年报名余校长又动员他来了。只报个名就回去了。他家困难读不起书！"张英才说："我们班的同学，总共要代多少个报名不上学的学生做作业？"叶碧秋说："余校长说，一个同学负责两个人的。做完了，每个学生奖一支铅笔、两个作业本。"张英才说："明天放学时，你把给余小毛做的作业本拿给我，我替你改一改。"叶碧秋一点也没怀疑，点头答应了。

　　过了一天，叶碧秋果然将作业本带来交给他。他一看，完全和一二年级已经做过的作业一模一样。由于成绩差，哪怕是高年级学生了，做一年级的作业还是常出差错。张英才一点也不明白，这样做是什么目的。

　　转眼十天过去，舅舅带着检查团来了。检查团来时，余校长又要孙四海将五六年级的课，也交给张英才，理由是孙四海也要参加一部分接待工作。所以，张英才忙得团团直转，连和舅舅打招呼的工夫也没有。他只是觉得一二年级的学生，似乎比平时多出许多，却难得有空想其中的缘故。

　　检查团在学校待了一天，下午总结时，张英才给两个班的学生布置了同一个作文题《国旗升起的时候》，三四年级要求写五百字，五六年级要求写八百字，自己抽空去听了一下总结报告。报告是县教委的一个科长讲的，他认为，在办学条件如此恶劣的情况下，界岭小学能达到百分之九十六点几的入学率，真是一个奇迹！他还拍了拍放在桌子上的几大堆作业本。张英才听完报告才明白，这次检查只是查扫盲工作最迫切的问题：适龄儿童是否入学。张英才的舅舅只是检查团的一名普通成员，他发言说："老万我不怕大家说搞本位主义，如果界岭小学这次评不上先进，我就不当这个文教站站长了。"余校长带头鼓起了掌，检查团的成员也都鼓了掌。

山上没地方住，检查团看着余校长指挥学生降下国旗后，就踏黑下山了。临走时，张英才对舅舅说："舅舅，我有情况要反映。"舅舅边走边说："你的情况我知道，等回家过年时，再好好聊一聊吧！"舅舅走出两百米远，张英才记起忘了将写给姚燕的信，交给舅舅带到山下邮局寄出去。他喊了两声，撒腿追上去。跑了百十来米，看到舅舅在那儿拼命摆手，他停下脚步，怔怔地望着那一行人，在黑沉沉的山脉中隐去。

检查团走后，张英才越想越觉得不对头，平时各处弄虚作假的事他见得多，那些事与他无关，看见了也装作没看见。这回不同，不仅他是当事人，舅舅也是，而且学校里其他人明摆着是串通一气，怕他泄露玄机，事事处处都防范着他，把他和舅舅都耍了，就像他耍叶碧秋一样。这一想就有气往上涌，他忍不住，拿起笔给舅舅和县教委负责人写了两封内容大致相同的信，详细地述说了界岭小学和界岭村在这次检查中偷梁换柱、张冠李戴等一些见不得阳光的丑恶伎俩。信写好后，他有空就站到学校旁边的路边上，等那个三天来一趟的邮递员。等了四天不见邮递员来，也不知是错过了，还是邮递员这次走的不是这条路线。他不愿再等下去，拦住一个要下山去的学生家长，将两封信托他带下山寄出去。不过姚燕的信他没交给他，他只会将它托付给像父亲和舅舅这样万分可靠的人。

这几天，学校里气氛很好，村干部来过几趟了，大家一道每间屋子细细察看，哪儿要修，哪儿要补。村长表态，发下来的奖金，村里一分钱不留，全部给学校做修理费，让老师和学生过一个温暖舒适的冬天。余校长将这话在各班上一宣布，学生们都朝着屋顶上的窟窿和墙壁上的裂缝欢呼起来。余校长还许诺，若是修理费能省下一点，就可以免去部分家庭困难的学生的学费。

大约过了十来天，下午，张英才没课，到溪边上洗头和晚上换下来的衣服，边洗边吹着口哨，也是吹那首《我们的生活充满阳光》，还一边想孙四海和邓有米的笛子里，这一段总算有了些欢乐的调子飘出来，听到身后有人喊他，四处一打量，才看见舅舅站在很高的石岸上。他甩甩手上的泡沫，正待上去，舅舅已跳下来了。舅舅走过来，铁青着脸，不问三七二十一，劈头盖脸就是几个耳光，打得张英才险些滚进溪水中。

张英才捂着脸委屈地说："你凭什么一见面就打我？"舅舅说："打你还是轻的，你若是我的儿子，就一爪子掐死你！"张英才说："我又没有违法乱纪。"舅舅说："若是那样，倒不用我管。你为什么要写信告状？天下就你正派？天下就你眼睛看得清？我们都是伪君子？睁眼瞎？"张英才说："我也没写别的，就是说明了事实真相。"舅舅说："你以为我就不知道这儿实际入学率只有百分之六十几？你知道我在这儿教书时，费尽九牛二虎之力，入学率才达到多少吗？臭小子，才百分之十六呀！我告诉你，别以为自己比他们能干，如果这儿实际入学率能达到百分之九十几，他们个个都能当全国模范教师。"舅舅要他洗完衣服后回屋里待着，学校里无论发生了什么事，都不要出来。

被几巴掌打怕了，张英才老老实实地待在自己屋里，天黑前，笛子声一直没响，直到余校长用异样的声音喊："奏国歌！"笛声才沉重地响起来。之后，孙四海开始拼命地劈柴，用斧头将柴连劈带砸，弄成粉碎，嘴里一声声咒骂着："狗日的！狗日的！"直到余校长叫他去商量一件事。

舅舅很晚才到张英才房中，灯光下脸色有些缓和了，叹口气说："你花两毛钱买一张邮票，弄掉了学校的先进和八百元奖金，余校长早就指望这笔钱用来修理校舍。其实，这儿的情况上面完全清楚，这儿抓入学率，比别处抓高考升学率还难，都同意界岭小学当先进，你捅了一下后就不行了，窗纸捅破了漏风！"张英才想辩几句，舅舅不让他说："我让余校长写了一个大山区适龄儿童入学难的情况汇报，做个补救，避免受到通报批评。我和他们谈了，让他们有空将每个学生入学时的艰难过程和你说说，你也要好好听听，多受点教育。"话音刚落，人就睡着了。

舅舅的鼾声很大，吵得张英才入梦迟了。早上醒来一看，床那头已没有了人。

早饭后，张英才拿着课本往教室那边走，半路上碰见孙四海，对他说："你休息吧，课我上！"张英才说："不是说好，这个星期的课由我上吗？"孙四海不冷不热地说："让你休息还不好嘛！"张英才听了不高兴起来："休息就休息，累死人了，我还正想请假呢！"说着转身就走。第二天，几乎是在头天的同一个地方又碰见孙四海，孙四海说："你不是请假了？怎么还往教室跑！"张英才说不出话来，心里却是真生气了。

从舅舅走后，他很明显地感到大家对他的反感。孙四海见他时，只要一开口，那话里总有几根不软不硬的刺。邓有米干脆不与他对面，看见他来就躲到一边去了。余校长更气人，张英才向他汇报，说孙四海剥夺了他的教学权利，他竟然装聋，东扯西拉的，还煞有介事地解释，自己的耳朵一到秋冬季节就出问题。开头几天，张英才还以为只是孙四海发了牛脾气，闹几天别扭也就过去了，过了两个星期仍没让他上课。余校长和邓有米也不出面干涉，他就想到这一定是他们合谋设下的计策，其目的是撵他走。

晚上，他看见一道手电筒灯光往余校长屋里走。到了门口亮处，张英才认出是邓有米，随即，孙四海也去了。他猜一定是开黑会，不然为何单单落下他一人！越想越来气，他忍不住推门闯进会场。进屋就叫："学校开会，怎么就不让我一人参加？"孙四海答："你算老几？这是学校负责人会议。"张英才一下子愣住了，退不得，进不得。最后还是余校长表态："就让张老师参加旁听吧！"张英才就不客气地坐下来。听了一阵，搞清楚是在研究冬天即将来临，如何弄钱修理校舍等问题。

大家都闷坐着不说话，听得见旁边屋里，学生们为争被窝的细声细语的争吵。闷到最后，孙四海憋不住说："只有一个办法。"大家精神一振，盼孙四海快点说，孙四海犹豫一番，终于说："只有将我那些茯苓提前挖了，卖了，变出钱来先借给学校，待学校有了收入时再还。"余校长说："这不行，还不到挖茯苓的季节，这么多茯苓，你会亏好大一笔钱的。"孙四海说："总比往年跑了香强多了。"余校长说："既然这样，那我就代表全校师生愧领了。"一直低头不语的邓有米抬起头小声嘟哝："要是评上了先进，不就少了这道难关！"说了之后，又一副后悔的样了，恨不能收回说出口的话，赶紧重新低下头。余校长问："还有事没有，没有事就散会。"张英才说："我有件事，我要求上课。"余校长说："过几天再研究，这是小事，来得及。"

张英才说："不行，人都在，你们今天就得给我回个话。"

孙四海开口说："张英才，你别仗势欺人。什么时候研究是领导考虑的事，就是现在研究，你也得先出去，等研究好了，再将结果通知你。"

张英才无话，只好先行退出，他又没胆子候在门外的操场上，回到自己的屋里，用耳朵和眼睛同时注意着外面的动静。不一会儿，孙四海过来，隔着窗子对他说："我们研究过了，决定下一回再研究这事。"这话让张英才气得直擂床板，用牙齿将枕巾咬成团，塞在嘴里狠命嚼才没哭出来。学校一如既往，不安排张英才的课。哪怕是请了学生家长来帮忙挖茯苓，孙四海不时要跑去张罗，也不让张英才替一下。茯苓挖到第二天，中午山上一片惊哗。张英才以为出事了，心里有些幸灾乐祸。没过多久，孙四海兴冲冲地从山上下来，手里捧着一个灰不溜秋的东西，嘴里叫着："稀奇，真稀奇，茯苓长成人形了。"张英才忍不住也凑拢去看，果然，一只大茯苓，长得有头有脑、有手有脚，极像一个小娃娃。余校长从孙四海手里接过茯苓人，细看一遍后，遗憾地说："可惜挖早了点，还没有长成大人，要是长得分清男女，就值大价钱了，说不定还能成为国宝。"

孙四海愣怔之后，手一用力，将茯苓人的头手脚一一掰下来，一下一下地扔到张英才的脚下。张英才见孙四海的眼里冒着火，不敢吱声，扭头回屋，将自己反锁起来。

张英才想，老这么斗也不是事，回避一阵也许能使事情有所转化，他就向余校长交了一张请假条，余校长立即签了字，还说一个星期若不够，你还可以延期一两个星期都行。张英才拎上一只包，装上牙刷毛巾和给姚燕的信，外加那本小说集就下山了。

下山后，他没有回家，直接去了乡里，想见舅舅，舅妈拦在门口，告诉他舅舅到外地参观去了，一点也没有让他进屋的意思。他心里骂：难怪舅舅会偷偷和蓝二婶相好——这个母夜叉！嘴里依然道了谢。

出了文教站，看见回县城的末班客车停在公路边上。车上人不多，有不少空位，他摸摸口袋里的钱，打定主意，干脆上一趟县城，将信直接交给姚燕，他一上车，车就开了，走了三个小时，在县城边他叫了停车，姚燕家在城郊，父母是种菜的，问了半天路才找到。找到和没找到一样，她一家人全上黄州走亲戚去了，大门上着锁。他一下子就紧张起来，原以为晚上可以住在姚燕家，现在要掏住宿费了，便觉得囊中羞涩。他记得县城有家下等旅社，过去父亲来学校看他总住那儿，同学们尽拿此事笑话他，他和父亲说了几次，父亲不肯改，仍住那农友旅社。张英才找到农友旅社，交了两块钱，登记了一个床铺，也不去看看，拿了牌牌就出门瞎逛。几个月没来，县城就变了样，别的没有，主要是人们穿的裤子，从十几岁到三十几岁的人，不论男女统统穿一条绷得紧紧的牛仔裤，他想搞清这裤子的叫法，就走到一个成衣摊子上，远远地用手一指，要摊主拿条裤子来看看，摊主拿着取衣杆，碰一下说："是要牛仔细裤？"又碰了一下说，"还是要萝卜裤？"他知道了这种裤子叫萝卜裤，便说："算了，这式样不好。"转到天黑，找个小吃店买了碗面，三下两下吃完，就回到农友旅社，蒙头睡了。后半夜，农民赶早去占集贸市场上好位置，将他吵醒，他没表不知几点，跟着起来去车站搭车，到了候车室一看那钟才三点一刻，候车室里只有几个要饭的躺在那儿。

好不容易回到乡里，刚下车就碰上蓝飞。相互简单说了些情况，蓝飞就替他出主意，要他回去装作准备进行转正考试的样子，不信那几个民办教师不来巴结他。张英才对这个主意很满意，抵消了先前对蓝飞的不满。

张英才回家吃了顿中饭，又让母亲准备几样可以存放的菜，就赶着回校。

回到学校，他就将初高中的课本以及学习笔记，全部铺开，陈列在桌面上，窗户也用报纸糊死，不露一点缝隙。一连两天，除了大小便和必要的室外活动，譬如升降国旗等，其余时间绝不出屋，即使要出屋也将门随手锁上。第三天早上，他去厕所回来，发觉窗纸被人抠了一个小洞。他什么也没说，找了一块纸，把那个小洞又补上。中午，他闩着门在屋里做饭，听见有人叫门，打开了，是叶碧秋。叶碧秋站在门外说："张老师，我有个问题搞不懂，你能教我吗？"张英才说："什么问题？"叶碧秋说："最小的个位数是哪个数？"张英才一愣："谁让你回答这个问题的？"叶碧秋说："是邓校长和孙主任两个人一起来考我的，还说若不懂可以问张老师。"张英才心里明白是怎么回事，就说："你进屋来等着，我查查资料。"装模作样地将一本本书都露给叶碧秋看过，他才拍了一下头："记起来了，不用查，最小的个位数是一。"叶碧秋说："谢谢老师。"张英才故意说："如果没有特别重要的事，不要再来敲门，我要复习，准备考试。"叶碧秋走后，他忍不住一阵窃笑。下午放学后，他听到笛子的响声有些三心二意，就有意走出去，邓有米立即放下笛子，冲他极不自然地笑一笑，他视而不见，嘴里嘟嘟地背着数学公式。

天一黑，他还要闩门，孙四海来了，对他说："明天我要下山一趟，配副眼镜，课就由你去上。"张英才说："我请了一星期假还未满呢！"孙四海说："我这是私人请你帮忙。"张英才说："如果是公对公，那可没门！"孙四海走到桌边，拿起那副近视眼镜："你这眼镜是几多度的？"张英才说："四百度。我告诉过你。"孙四海说："我记性差，忘了。"边说，眼睛狠狠地将每一本书盯了一下。

孙四海果然是下山去了，到伸手不见五指时才回来，背着一大摞书。张英才问李子，孙老师背回的是些什么书，李子告诉他全是中学的数理化课本。孙四海背书回来后，就没有在半夜吹过一回笛子，每次张英才夜里起来小便，都看到一个读书人的影子，映在窗纸上。

邓有米也请假下山去了一趟，回来后神情忧郁，背后和余校长嘀咕："可能是这次转正的面很窄，名额很少，所以上面有意保密，一点口风不透。"邓有米回来的当天，余校长就亲自来找张英才，询问他近来工作安心不安心。张英才矢口否认自己有过不安心。余校长就单刀直入，指着桌上的书本问他这是干什么。张英才用准备参加明年高考的理由来应付。见问不出什么，余校长走出去，对着守在一边的邓有米仰天长叹。后来几次，张英才听到余校长恍惚地自语："邓有米可以花钱买通人情后门，孙四海可以凭本事硬考硬上，张英才又有本事又有后门，我老余这把瘦骨头能靠点什么呢？"

张英才实在服了蓝飞这一招，几乎是一夜之间，他就成了这个学校的宝贝，被人或明或暗地宠着。他想，民办教师转正这一关，实在太厉害了。

往后的一个月中，邓有米往山下跑了七八趟。每次都是失望而归，可见了张英才仍要作出笑脸，称又见到了万站长，万站长真是个好领导，等等。这天晚上，余校长蹒进了张英才的屋，寒暄一阵，就把目光转向凤凰琴："最近一段怎么没听见你弹琴，是不是弦断了？"张英才说："弦断了不要紧，主要是没工夫。"余校长从口袋里掏出一卷琴弦："我还有四根旧弦，不知合适不，你上上去试试看。"张英才也不推辞，伸手接过来，并说："只怕过不了两天又会弄断的。"余校长说："不会的，再也不会的，以前主要是明老师听不得这琴响，听了就犯病。现在我将门窗堵严实了。"支吾几句再转过话题:"张老师,你听说这次转正,是不是对一些特别的人,譬如像——像我这样的人,有什么优惠政策?"张英才说:"这次转正? 没听说,一点消息也没听说。"余校长忧伤地转过脸:"没听说就算了! 你忙,我到孙主任那里去转转。"走了几步又回头:"我考虑了很久,决定向上报你当教导处副主任。"张英才心里想笑,嘴上说:"多谢余校长的栽培。"

余校长敲不开孙四海的门,孙四海声明过,这一段放学后,他谁也不见,连王小兰这一个月也没见来,余校长本也无事,隔着门说几句就打了回转。

正在这时,黑洞洞的操场上传来一个女人的哭声:"余校长,余校长喂! 你快救救伢儿他父、救救我家有米吧!"邓有米的女人跌跌撞撞地扑过来,一把抓住余校长。 余校长有些急:"你放开我,有话慢说,这么黑的天,叫别人看见了如何说得清!"邓有米的妻子仍不放手:"我不管这些,有米他让派出所的人抓去了,你要想法救他出来。"张英才这时从屋里钻出来:"派出所的人怎么会抓他呢?"邓有米的妻子答:"还不是为了转正的事,别的人不是有学问就是有靠山,有米他什么也没有,就想找路子走走后门,家里又没钱,送不成礼。 没办法,有米就到山上砍了几棵树,偷着卖了。 没想到被查了出来——余校长,你可不能见死不救哇!"余校长一听急了:"这不是丢学校的脸嘛! 上次先进没评上,这次又来个副校长偷树,真是斯文扫地哟!"

　　见余校长又急又丧气，张英才就一旁劝："事已至此，还是得想个办法为妙。"余校长在操场上团团转，像只热锅上的蚂蚁。邓有米的妻子坐在地上干号，声音又长又尖。张英才不耐烦地说："你哭得难听死了，像死了人一样，搞乱了别人的心怎么想主意呢？"经这一说，哭声低了很多。余校长这时叹了一口气说："只能这样了，就说是给学校砍的，学校要修理校舍，又拿不出钱，只好代学生忍辱负重，做此下策之事。"张英才说："行倒行，就怕孙四海不同意。"余校长说："你去喊他来一下，我刚才去过，他不开门。你敲门，他会开的。"张英才过去一叫，门就开了，说了经过，孙四海露出一脸鄙夷相："没本事就认命罢了，干吗一人做鬼，还拖着大家陪他去阴家呢？"余校长说："行还是不行，你表个态。"孙四海说："我没态可表，就当我不知道这事行了。"余校长说："这也算个话，你就把一切推给我得了。"邓有米的妻子叫起来："姓孙的，别以为自己就那么清白，想坐在黄鹤楼上看帆船，是人总有栽跟头的时候！"孙四海将门掩到一半停下来，低声说："我同意，就算是学校决定的吧！"

　　余校长连夜独自下山，第二天下午才和邓有米一道回来。邓有米脸上有几道疤痕，开始还以为是让派出所的人打的，说过后才知道，是自己钻到床底下去躲时，被床底的杂物划伤的。邓有米整个灰了心，一连几天，见人就说自己教一生的民办算了，再也不想转正，吃那天鹅肉了。

会计又送补助费来，还透露说，上次被抢一案有线索了。 会计刚走，邓有米的弟弟就被抓走，他一见到派出所的人就说："前几天你们来抓我哥哥时，我就以为是来抓我的。"他做木材生意亏了本，就横了心，专搞不义之财。 这两件事一发生，邓有米的背驼了许多，还向余校长递交了辞职申请。

只有孙四海无动于衷，继续在那里夜以继日地复习。 星期六下午放学，照例是老师送学生回家。 余校长见邓有米情绪不好，怕出事，就叫张英才跟着邓有米。 一路上很顺利，返回时，碰上了王小兰。 王小兰慌慌张张地往学校里去找李子。 张英才记得很清楚，站路队时，孙四海是牵着李子的手出发的，王小兰仍不放心，她心里感觉似乎要出事了，非要到学校看看。

到了学校，孙四海的窗口亮着，有人影一动不动地透出来，叫开门，王小兰气喘喘地问："李子呢？ 女儿呢？"孙四海说："她不是回家了？"王小兰说："你们是在哪儿分手的？"孙四海说："半路上，我想赶早回来复习，就没把她送到门口。"一听这话，王小兰哇哇地大哭起来，扭头就往门外跑。 余校长也来了，大家意识到这个问题的严重性，立即分成两路：一路是孙四海和张英才，顺着路队走的路找，一路是余校长和邓有米，沿近路往前找。 孙四海跑得飞快，不一会儿就超过了王小兰，张英才跌了几跤，还是跟不上。 幸亏孙四海要到沿途路边人家问问，才时断时续地跟住。 跑到张英才头一回跟路队走时天黑的那道山岭上，月亮出来了，孙四海站在山梁上不动，等张英才跟上来后，就说："李子在那边树上，被一群狼围着。"张英才一看，那棵黑黝黝的木梓树上，果然有李子嘶哑的哭声，树下有十几对绿莹莹的狼眼睛。

孙四海吩咐张英才，看准路后，两人大叫着往那树下冲，千万不能停，然后迅速爬上树去，等余校长和邓有米来。 说着，孙四海大叫："李子——别怕——我来了！"张英才有些怕，不知叫什么好，嘴里哇哇地乱吼出一些声音来，狼群吓得往后退了些，他们趁机爬上木梓树。 孙四海一把将李子搂在怀里，李子没哭，他自己先哭起来，狼群又将木梓树围起来，但只过了半个小时，就被余校长带来的一大群人撵跑了。

回到学校，已是后半夜。 孙四海不肯去睡，谁劝也没有用，一个人坐在旗杆下吹着笛子，一个个音符流得非常慢非常缓，沉沉的，苍凉得很，一如悼念谁或送别谁。 张英才早上起来，看见操场上到处是焦黑的纸灰，他捡起一张没烧完的纸片一看，是中学课本。 孙四海仍坐在旗杆下吹笛子，从笛孔里流出一点鲜艳的东西，滴在地上，变成一小块殷红。余校长坐在自己屋门口抽着烟，不远的山坡上，邓有米双手掩面，躺在枯草丛中，都是一夜未眠。

晨风瑟瑟，初霜铺在山野上，褪得发白的国旗，被衬出一种别样风采。 张英才对余校长他们说："我是今天第一次听懂了国歌。"他这话含有多层意思，其中一种，是对自己搞的这场恶作剧很悔恨。他不敢说明白了，只想找机会报答一下，做一种补救。晚上，他将自己上山后的所见所闻，如升国旗、降国旗、李子的作文、余校长家的十几个孩子以及孙四海仅有的一次疏忽就能使学生遭到危险等，写成一篇文章叫《大山·小学·国旗》，亲自下山送到邮局，寄给了省报。在门口正好和跑界岭这条线的邮递员走对了面，邮递员交给他一封信，又是姚燕的信，情意绵绵的话写了几页纸，他没读完就塞进口袋里。心里一点谈情说爱的兴趣也没有。

　　大约过了一个星期，文教站的会计领来一个陌生人，说是省教委下来搞落榜高中毕业生情况调查的，要和张英才好好谈谈，会计将这人扔下，自己回去了。那人自称姓王，张英才见他年纪较大，就喊他王科长。王科长和他谈得很少，却老爱往教室和学生中钻，还逐个同余校长、邓有米和孙四海谈了话，张英才问起谈了些什么，他们都说只是拉拉家常。有一次王科长竟跑进明爱芬的房里，余校长发现得快，硬将他拉出来。第二天中午不见王科长人影，张英才以为他不辞而别，不料到天黑后又回来了，说是到下面垸里去看看风土人情。王科长最喜欢看学校升国旗、降国旗，每到这个时候，就拿着照相机按个不停，一点也不疼惜胶卷。

　　到了第三天下午，又逢星期六，王科长跟着孙四海的路队绕了一大圈，回来后才说了实话，王科长不是省教委的，而是省报的高级记者，报社收到张英才的稿件后，非常激动，就派他下来核实。 大家开始改口叫他王记者。 王记者说，他目睹了这一切，那篇文章每一点都是真实的。 还说那篇文章一个星期以内就可以见报，要发头版头条，还要配编者按和照片。

刚好王记者走后的第七天，县教委、宣传部的人在张英才的舅舅的陪同下，亲自将报纸送上山来，声称张英才和界岭小学为全县教育事业争了光，在省报这么显要的位置发这么大一篇文章是从未有过的。 张英才接过报纸，发现文章不是发在头条位置，那个位置上是一篇关于大力发展养猪事业的文章。 界岭小学的文章排在这篇文章后面，编者按和照片倒是都有。

照片印得非常好。 余校长抓着旗绳的大骨节的手，横吹笛子的邓有米和孙四海，打着赤脚、披着余校长的破褂子、站在满地霜花中的志儿，趴在几块土砖搭起的木板上做作业的李子，以及围在桌边吃饭的一群小学生，这些全都看得一清二楚。 余校长看了照片直惋惜："要知道报纸上要登这些，说什么也得帮他们整理整理。"

县里来的人在山上待了两天，走之前问有什么要求没有。 余校长、邓有米、孙四海都说望能拨点钱，添置一些课桌课椅。 最后问张英才，张英才呛呛地说："请领导发点善心，给几个转正指标，解决这些老民办教师的后顾之忧。"领导将这些话都记下才下山。

又过了十来天，邮递员给学校送来一只大麻袋，打开一看里面全是信。是从全省各地寄来的，除了表示慰问敬佩和要求介绍经验外，还有二十多封信是说要和界岭小学一道开展手拉手活动。张英才不知道什么叫手拉手活动，余校长就解释，这是团中央一个什么基金会搞的，富裕地区的学校帮助贫困地区的学校的活动。这么多的学校都愿意来帮助界岭小学，大家自然很高兴。当即决定分头写信，一人分了一大堆。

忽然，邓有米叫道："这么多信，都写回信要几多邮票钱呀？"大家受到提醒，忙点了点数。一共是三百一十七封，需邮费六十三元四角整。四个人都傻了眼，呆了半天，余校长说："先将重要的挑五封出来回信，其余的以后再说。"大家一挑，发现几封专门写给张英才的。

张英才一一拆开看，都是差不多的意思，称他有文才，将民办教师写活了，也有说他敢于为民请命，有良心和同情心的。只有一封信很特别，只有一句话：速借故请假来我处一趟。开始还以为是姚燕写的，再看落款，方知是舅舅。他不敢再撒谎，舅舅说有事又不能不去，便想了个主意，写了个请假条，只写"因事请假一天"六个字，趁天没亮，余校长还未起床之际，塞进余校长的门缝里。

日上三竿时，张英才到了舅舅家。舅妈正蹲在门口刷牙，一只又肥又大的屁股将门堵得死死的，见人来也不挪出道缝。张英才只好等她刷完牙，进门时，见地上的白泡沫中有些血样，心里就骂了句活该。舅舅正在屋里洗女人的内

衣，满手的肥皂泡。 见了他，用手一指厨房："没吃早饭
吧，还有两个馒头。"张英才也不谦让，自己进了厨房，一
只大碗盛着两个肉包子和两个馒头。 他懂得舅舅话里的意
思，肉包子肯定是留给舅妈的，就用手移开上面的肉包子，
拿出碗里的馒头，一手一个，捏着站到舅舅身边，望着他
吃。 张英才咽了一口问："什么事，这急得！"舅舅望了一
下房门小声说："等忙完了再说。"于是，他知道这事得瞒
着舅妈。 舅妈从房里整整齐齐地出来，用纸包上肉包子，拿
着就出门去了。 他问："她这是去哪儿？"舅舅说："上班
去呗！"

　　接下来就入了正题。 张英才的那篇文章受到上面的重
视，除了拨给界岭小学一笔三千元的专款以外，还破例给了
一个转正的名额，并点名将这名额给了张英才。 这不仅是他
的文章写得好，还因为只有他各方面的条件比较合适，其余
四个相差太远了，既超龄，学历又不够。

　　舅舅说："你把这表填了，快点的话，下个月就可以批
下来。"张英才简直不相信这是事实，看了舅舅半天才说：
"这没搞错吧？"舅舅将表摊在他面前："白纸黑字，还错
得了！"张英才终于拿起笔，正要填写，又止住了："舅
舅，这表我不能填，应该给余校长他们，事情都是他们做
的，我只不过写了篇文章。"舅舅说："你别苕，你舅妈为
了她表弟转正的事，都和我闹了几次离婚。 这次的机会一生
不会有第二次。"张英才说："如果在一个月以前，我不会

让的，现在我想还是让给他们一次机会，我比他们年轻二十多岁，就算像你一样十年遇到一次，也还有两次机会呢！"

舅舅听完他说了自己假装准备转正考试，弄得他们差点出了大事故的经过后，心也动了："其实，我也想将他们转正，只是没有这个权力。"张英才说："你可以找领导做做工作。"舅舅想了想，态度又坚决起来："不行，姐姐把你交给我，我要替你的一生负责。你想想，转正后得马上到县里去读两年师范，这时就快二十一岁了，然后干上三五年，积蓄点钱正好可以结婚成家。"张英才说："你这样做，我是不会同意的。"舅舅说："你这伢儿！早知这样，还不如当初让蓝飞去界岭，把这个机会给他！"张英才说："这可是你自己说的，这些话我可是没向舅妈漏一点风声哟！"舅舅气得往门外走："你倒要挟起我来了！好好，你的事我不管了，自己看着办去！"过了几分钟，舅舅又从门外转回来："外甥风格高，舅舅当然不能拉后腿。不过你得回去问你父母同意不同意，免得到时弄得我是猪八戒照镜子，里外不是人。"

张英才坐在舅舅自行车的后架上，半个钟头不到，两个人就进了张英才的家门。舅舅先说，张英才补充。刚说完，父亲就说："伢儿，这一年复读的确没白读，你思想也提高了，做人就得这样，该让的就要舍得让！"母亲还没开口，眼泪先流出来："伢儿，这样做对是对，只是你自己不知要多吃多少苦。"舅舅叹口气："你们都这样想，倒是我先前不对了。"张英才边给母亲擦眼泪边对舅舅说："我也是为你作牺牲。你想想，堂堂的万站长，不将转正名额给自己那能写一手好文章的外甥，反给一位条件不如他外甥的人，说出去不等于给你脸上添光嘛，说不定因此将你提拔到县里当个局长、主任什么的呢！"一屋人都笑了起来。

两人随后上山去界岭小学。一路上舅舅说了几次，到了学校后名额肯定不好分，只能搞无记名投票。他搞过几次这种投票，有一百人参加，就有一百人能得到票，参加投票的都是自己投自己的票。这次投票张英才的票千万不能投给别人，投给了谁，谁就是两票，就是多数。舅舅要他给自己也留一点机会，同时也可以检查一下别人的风格如何。

三千元拨款加一个转正名额，弄得界岭小学人人欣喜若狂。投票时，舅舅坐在张英才身边，看见那笔在纸上写下余校长的名字，他气得恨不能给外甥一个耳光。他以为这个名额非余校长莫属了，不料唱票结果，仍是一人一票。张英才马上明白，余校长投了他一票。舅舅也明白是怎么回事，情不自禁地说："看来我还没能力将每个人都看透。"按照规定，投票无效时，就进行公开评议。

大家坐在一起，半天无话。张英才忍不住先说："我看这次的名额，大家就让给余校长吧！"过了好久仍没响应，他又说："不谈别的理由，余校长是学校元老，吃的苦最多。"又过了好久，孙四海低声说："给余校长我没意见。"邓有米只好也表态："我也无话可说。"一直耷着眼皮的余校长，抬起头来，张英才以为他会说几句感激话来接受评议结果，听到的却是一句意想不到的话："万站长，我有几句话，想单独和你谈一谈。"

听到这话，邓有米、孙四海和张英才起身要往外走。 舅舅忙说："你们人多，还是我和老余到外面去说话。"余校长也说："我们到外面去说话方便一些。"他俩起身出去，站在操场边上，面对面说了一会儿，余校长像是流了些眼泪，张英才的舅舅嘴唇动也没动，只是在最后时候点了点头。

舅舅招手叫张英才他们出来。 大家站成了一圈。 舅舅声音沉沉地说："余校长有件事想和大家商量一下。 老余，你说吧。 你说了，我再说。"余校长不安地扫了大家一眼："刚才大家投票时忘了一个人，就是明爱芬、我妻子，她也是我校的一名老师。 那年腊月她生下志儿的第三天，就到县里去参加民办教师转正考试，没想到河上的桥板被人偷走了，为了赶车，她蹚了冷水河，还没进考场就病倒了。 抬回来后，下身就废了。 拖了这么多年，她心还不死，夜里做梦都念着转正。 我想，就是还没转正这口气憋在心里没散，所以她每回到了死亡线上又返回来。 我想，若是真给她转了正，说不定过不了几天，她就会死的。 现在这个样子，她难受，我也难受，连带着国家、集体和大家都不好办。 我想和大家商量一下，让她将这几步路走快点，走舒服点，让她这一生多少有点高兴的事。 大家刚才的好意我心领了，转正的名额我不要，能不能把它给——给——明爱芬呢？"说完，他低下头，不敢看大家的神色。张英才的舅舅把每个人都看了一遍才说："明爱芬本来是不够条件的，给她挂个民办教师的衔，主要是因为照顾余校长的生活。所以，虽然只有四个人上课，站里仍给你们学校五个人的补助金。但是，我不是没有一点人性的人，只要大家同意给明爱芬转正，并且保守秘密不向外说她是个废人，哪怕是犯错误，我也要帮老余这一回。"孙四海什么也没说，缓缓地将手举起来，邓有米也跟着举起了手，张英才见了，将自己的两只手都举起来。舅舅说："老余，你抬头看看表决结果。"余校长抬不起头，泪水哗哗直往外流，嗬嗬地说："我知道，天下尽是好人。"太阳挂在正当顶，地上的影子很清晰。

大家跟着余校长进了明爱芬的房。张英才第二次进这间屋，觉得气味比以前更难闻。上次是夜晚，加上慌张，没看清，这次不同，清楚地分辨出，明爱芬的模样，完全是一张白纸覆在一副骨架上。

余校长捧着表格，走到床前说："爱芬，你终于转正了。"明爱芬眼珠一动："你别骗找，你总是对我这么说。"余校长说："这次是真的，万站长刚刚主持开了会，大家都同意转你。"张英才的舅舅说："这次上面特别批给界岭小学一个名额。"邓有米说："这还得感谢张老师那篇文章舆论造得好。"孙四海说："余校长，你快把表格给她填了吧！"

明爱芬接过表格，从头到尾细看一遍，脸上逐渐起了一层红晕。她忽然说："老余，快拿水我洗洗，这手哇，别弄脏表格。"张英才连忙到外面去端水，趁机猛吸几口新鲜空气。明爱芬用肥皂小心洗净了手，擦干，又朝余校长要过一支笔，颤颤悠悠地填上：明爱芬，女，已婚，汉族，共青团员，贫农，一九四九年元月二十二日生。那支笔忽然不动了。邓有米说："明老师，快写呀，万站长今天要赶回去呢！"明爱芬没有一点动静。在背后扶着她的余校长眼眶一湿，哽咽地说："我知道你会这样走的，爱芬，你也是好人，这样走最好，大家都不为难，你也高兴。"

明爱芬死了。一屋的人悄无声息，只有余校长在和她轻轻话别。张英才忍了一会儿，终于叫出来："明老师，我去为你下半旗志哀！"张英才走在前面，孙四海跟在后面。邓有米把在教室写作文的学生全部集合到操场上，说："余校长的爱人，明爱芬老师死了！"再无下文。张英才扯动旗绳。孙四海吹响笛子，依然是那首《我们的生活充满阳光》。国旗徐徐下落，志儿、李子、叶碧秋先哭，大家便都哭了。

余校长给明爱芬换上早就准备好的寿衣，点上长明灯，再赶到操场，见国旗真的降了下来，慌张地说："这半旗可不是随便降的，你们可别找错误犯。"他伸手去升旗，使劲一拉，旗绳断了。张英才说："这是天意。"余校长急了，对邓有米说："这是政治问题，不能当儿戏。你快找个人到乡邮电所，借副爬电线杆的脚扒来。"张英才的舅舅这时说："老余，你去张罗明老师的后事吧，这些事你就别操心了。"停一停，又说："明老师这一走，名额的问题还得重新研究一下。"余校长说："万站长放心，这事我已考虑好了，保证不误你下山。"

张英才的舅舅在山上待了好几天，一直到明爱芬葬好了。文教站会计送安葬费时，带来了舅妈的口信，要舅舅马上回家有急事。舅舅对张英才说："屁事，一定是闻到风声了，想要我将这个转正名额给她表弟。"张英才说："你就硬气一回，看她能把你生吃了！"舅舅答："我是这样想的。"

葬礼来了千把人，把余校长都惊得慌了手脚，都是界岭小学的新老学生和他们的家长亲属，操场上站了黑压压一片。村长致悼词时说了这么一句："明爱芬同志是我的启蒙老师，她二十年教师生涯留下的业绩，将垂范千秋。"张英才见到村长说话时噙着泪花，就把上次喝酒时的不快扔在一边，倒了一杯水递过去让他润润嗓子。来的人都送了礼，有布料、大米，也有送鱼送肉、送豆腐鲜菜的。孙四海摆个桌子在那儿登记，大家都不去那儿，说这么多的人情，余校长若是还起礼来，哪还负担得起？孙四海坐在那儿没事干就去厨房帮忙，王小兰在那儿，她被请来负责筹办葬礼后的酒席。孙四海刚进去，还没和王小兰搭上话，邓有米就来喊他，说余校长要他俩去商量一件事。

　　张英才和舅舅分别看到他们进了余校长的家，不一会儿就出来了，脸上很平静。他们没料到这是在开校务会，专门研究那仅有的一个转正名额问题。舅舅随后进去看看，见余校长正在那儿填表，就没有打扰，出来对张英才说："余校长转正后，这两年师范怎么个读法？三个孩子咋养呢？一二十个住在学校读书的学生又该怎么办呢？"张英才也没有答案，就说："车到山前必有路，谁能把后路看得一清二楚呢！"酒席在操场上摆了几十桌，桌子和碗筷都是从附近垸里借的，酒菜全是别人送礼送的。大家都说，就是上次老支书死，也没有明老师死得隆重热闹。

　　酒席散后，就到了黄昏。张英才送完最后一张桌子回来，见舅舅和余校长正在他家门口争论着什么，两人都很激动。张英才想拢去又有些不敢。站了一会儿，孙四海和邓有米也来了。舅舅见了，就喊："你们都过来！"张英才走过去。舅舅递过一张表："你看余校长是怎么填的。"张英才一看，上面赫然写着张英才三个字。张英才结结巴巴起来："余校长，你怎么能把转正名额让给我呢？"舅舅说："我劝不转他，就看你的了！"余校长说："谁来也没有用，这是校务会决定的。"张英才不相信："真的吗？"孙四海说："是真的，从上次李子出事后，我就一直在想，假如自己一走，李子一家怎么办，特别是李子怎么办。我的一切都在这儿。转不转正，其实是无所谓的。"邓有米接着说："明老师这一死，我彻底想通了，不能把转正的事看得太重。 人活着能做事就是千般好，别的都是空的。 张老师，你不一样，年轻，有才气，没负担，正是该出去闯一闯的时候。"张英才仍说："我不信，这不是你们心里想的。"余校长正色道："张老师，你这样说太伤人心了。 邓校长和孙主任的确是自愿放弃的。 只有一点，大家希望你将来有出息了，要像万站长一样，不管到哪里，都莫忘记还有一个叫界岭的地方，那里孩子上学还很困难。"张英才听不下去，大叫一声："我不转正。"转身钻进自己屋里。

舅舅随后进来，不理他，打开凤凰琴拨了几个音。 张英才说："你不要乱弹琴。"舅舅不管又拨了几下："你不是想知道，这琴的主人是谁吗？ 就是我。"张英才一惊："那你干吗要送给明爱芬？"舅舅只顾说自己的："转正的事我不强迫你，我讲个故事，你再决定。 十几年前，这个学校只有两个教师：我和明爱芬。 那年，学校也是分到一个名额。论转正条件，明爱芬比我强一大截。 我就想别的门路，迅速和你舅妈结了婚。 你舅妈品行不好，已离了两次婚，但她却有一个军官叔叔做靠山。 明爱芬当然明白这一点，她为了证明自己比我强，明知无望，又刚生孩子，仍硬撑着要去参加考试，想在考分上压倒我。 结果就是前几天余校长所说的，将自己弄废了。 我一转正就调到了文教站，走之前，我不敢见明爱芬，就想将凤凰琴作为礼物送给她，让她躺在床上时有个做伴的。 写好字后，又怕自己的名字会刺激她，就用小刀把它刮掉。 我将自己的东西全拿走了，就只留下凤凰琴，我想老余见了一定会拿回去的。没想到它一直搁在这里。"张英才听完了说："这叫有得必有失！"舅舅说："你真聪明，我就是要你明白这个道理。"张英才坐在桌子前不说话。舅舅说："我累了，先睡，你想好了就喊醒我。明天回去，还不知道你舅妈怎么跟我吵。"躺下后又补充，"这次转正要两步棋一步走。明天就随我下山，一边到师范报到，一边办手续。别人都是九月份入的学，晚了赶不上考试，拿不到学分就麻烦了。"

一觉醒来，天已亮了，屋里不见张英才。舅舅开门一看，张英才独自靠在旗杆上出神。屋内他的行李都收拾好了。

天上纷纷扬扬地下起了雪。学校依然在升国旗，张英才要余校长让他亲手升一回国旗，他在笛声中一把一把地拉动绳子，忽然听到身后响起了凤凰琴声。他忍不住回头一看，见舅舅和余校长正在合作，弹奏着《国歌》。

张英才离开界岭小学时，大部分学生还未到校，这种天气余校长、邓有米和孙四海都要到半路上去接学生，三人都为不能为他送行而感到不好意思。张英才将那副四百度的近视眼镜送给了孙四海。余校长将凤凰琴送给了张英才。然后，大家握手道别，各走各的路。张英才和舅舅下到半山腰时，遇见了邮递员。邮递员又给界岭小学送来了一麻袋信，还给了张英才一张汇款单。看后，他对舅舅说："是报社寄来的稿费，一百九十三元。"舅舅说："真不少，比我一个月工资还多。"他本想问问有没有姚燕寄给他的信,马上意识到问也是白问,又不能查,反正学校那些人会转给他的。舅舅忽然说:"今后你要努力呀! 那时,我总想,到了你们这一代人百事都好办了,没想到难办的事还有那么多。"正走着,身后有人喊。 是叶碧秋的父亲,他要进城找活干。叶碧秋的父亲告诉他俩,余校长在举行葬礼那天,和那些孩子还没上学的家长都谈了话,大部分人的思想通了,表态说,过了年一定让孩子到学校里来。 张英才和舅舅走累了,想歇歇,就让叶碧秋的父亲先走了。

雪越下越大,几阵风劲劲地吹过,就乱舞起来。 转眼之间,地上没白的地方就白了,先前白了的地方变得浮肿起来。 张英才望着雪景,不免说了句:"瑞雪兆丰年。"舅舅说:"别浪漫了,快走吧,不然就下不了山。"

　　八月的夜晚，月亮像太阳一样烤得人浑身冒汗。 孔太平坐在吉普车前排的副驾驶座位上，两条腿都快被发动机的灼热烤熟了。 车上没有别人，只有他和司机小许，按道理后排要凉快一些，因为离发动机远。 孔太平咬紧牙关不往后挪，这前排座如同大会主席台中央的那个位置，绝不能随便变更。 小许一路骂着这鬼天气，让人热得像狗一样，舌头吊出来尺多长。 小许又说他的一双脚一到夏天就变成了金华火腿，要色有色，要味有味，就差没有燎毛。 孔太平知道小许身上的汗毛长得如同野人，他忽然心里奇怪，小许模样这么白净，怎么也会生出这许多粗野之物哩。 他忍不住问小许是不是过去吃错了什么药。 小许说他自己也不明白，接下来他马上又声明自己在这方面当不了冠军，洪塔山才是镇里的十连冠。 孔太平笑起来，说洪塔山那身毛没有两担开水泡他几个回合，再锋利的刀也燎不下来。 两人说笑一阵，一座山谷黑黝黝地扑面而来。 吉普车轰轰隆隆地闯了进去。 小许伸手将车门打开，并说，孔书记，到了你的地盘，违点小规也不怕了。 孔太平没说什么，他先将车上的拉手握牢，另一只手将车门打开。 一股凉风从脚下吹向全身，酷热的感觉立即消散了许多。

刚刚有些凉爽的感觉，吉普车忽然颠簸起来，孔太平赶忙将车门关好。 小许说不要紧，路上有几个坑。 孔太平却厉声说，关上门，不怕一万只怕万一！ 小许没敢吱声，赶紧关上车门，同时减小油门让车速慢下来。 这以后，两人都没说话，路况好，车子走得平稳时，这种沉默有些不对头。 孔太平知道自己刚才说话声音太大了，便有意找话说说，缓和缓和气氛。 他掏出烟，一次点燃了两支，并将其中一支递给小许。

小许抽了一口烟后，马上告诉孔太平这是假的阿诗玛。小许说，这烟是县城南边金家坳的农民做的。

孔太平说，金家坳是我县唯一一个有希望进入亿元级的村子哩。

小许说，若将那些假烟一查禁，恐怕同我们西河镇的情况差不多。

孔太平说，是该查禁，不然国家的事就全乱套了。

小许说，昨天我听人说了一副对联：富人犯大法只因法律小犯大法的住宾馆；穷人犯小法皆是法律大犯小法的坐监牢。

孔太平想了想，觉得这副对联有些意蕴，他问小许说，你还听见什么没有？

小许说，洪塔山近期内可能要出事。

孔太平忽然敏感起来，他问，出什么事？

小许说，县公安局还在整洪塔山的材料，似乎是经济上
有问题。

孔太平说，不对，经济问题应该由检察院办理。

小许说，那要么就是嫖妓搞女人。

孔太平正要再问，迎面一辆汽车亮着大灯扑过来，灯光
刺得他俩睁不开眼睛。小许踩了一脚刹车让吉普车停下，
然后拉开车门跳到公路中间破口大骂起来。那辆车驶近了
停在小许的身前，孔太平认出是一辆桑塔纳。他马上猜测
可能是镇里养殖场经理洪塔山的车。果然从桑塔纳车门里
钻出来的那个人正是洪塔山的司机。小许用拳头擂着桑塔
纳的外壳，说那司机也不屙泡尿照照自己，敢在西河镇里
亮着大灯会车。那司机分辩说，是因为小许没关大灯他才
学着没关的。

小许说，今天得让你付点学费，认清楚在西河镇能亮大
灯会车的只有老子一人。

小许正要抬脚踢那桑塔纳车灯，孔太平大声阻止了他。
孔太平下车后，那司机赶忙上前赔不是。孔太平支开话题，
问那司机去哪儿。那司机说是送一个客人。孔太平见车内
隐约坐着一个人，就挥挥手让桑塔纳开过去。桑塔纳走后，
孔太平又说了几句小许，他担心那车内坐的是养殖场的客
户。小许说那人绝不是什么客户，那副妖艳的模样，一看就

不是正经路上的人。 听说是个女人，孔太平也不再数说小许了。 倒是小许来了劲，不断地说现在太不公平了，洪塔山算什么东西，居然坐起桑塔纳来，书记镇长却只能坐破吉普。小许说他若有机会，一定要治一治洪塔山，不让他太嚣张。

小许的话说得孔太平烦躁起来。 这时，吉普车已来到镇外的河堤上。 孔太平让小许停下来，打开车门时，他叫小许开车先走，自己一个人慢慢地走回去。

吉普车消失在镇子里，四周突然静下来。 被太阳烧烤透了的田野，发出一股泥土的醇香，月亮被熏醉了，满面一派橘红。 热浪与凉风正处于相持阶段，一会儿凉风扑面，一会儿暑气袭人，进进退退的叫人怎么也安定不下来。

河堤外边的沙滩上，稀稀落落地散布着一些乘凉的男女青年，女孩子嗲声嗲气的话语和男孩子有些浪意的笑声，顺着河水一个涟漪就漂出半里远。 孔太平想起小时候自己从县城里来乡下走亲戚时，舅舅带他走上几里路，同垸里的男女老少一道来这河滩乘凉的情景。 有天夜里，满河滩的人睡得正香，忽然有人喊了声狼来了狼来了，惹得许多人慌忙逃个不迭。 后来舅舅大喊了一声，说这么多人还怕几只狼，一人屙一泡尿就可以淹死它！ 舅舅的喊声制止了河滩上的慌乱，大家镇定下来以后才知道是有人在闹着玩，目的是想吓唬那几个睡成一堆的女孩子。 舅舅走上前去揪着那人的耳朵，一使劲就将其扔到河水中去了。 那人在水中挣扎时，大群女孩纷纷抓起沙子撒到他身上，直到那人急了，说若是谁再敢撒沙子，他就将身上的衣服全脱光，这才将女孩子吓退。那人从水中爬起来时，舅舅对他说了几句预言，断定其人将来不会有出息。孔太平记起这个故事，却不记得舅舅所说的这人是谁了。在当时他可是知道这人的姓名的，时间一长竟忘了。忘不了的是这人如今也该四十岁了。

想起舅舅，孔太平的目光禁不住拐到另外一个方向上。远远的一座小山之下，忽明忽暗地闪着一架霓虹灯，"西河养殖有限公司"几个字一会儿绿一会儿红，往复变换不停。空洞的夜晚因此的确添了几分姿色，美中不足的是那个"殖"字坏了半边，只剩下"歹"在晃来晃去。舅舅的家就在养殖场附近，虽然离得不算远，可他已有一年多时间没有进过舅舅的家门。孔太平打定主意，近几天一定要去舅舅家坐一坐，不吃顿饭也要喝几杯水。

孔太平从县商业局副局长的位置下到西河镇任职已有四年了，头两年是当镇长，后两年任的是现职。论政绩主要有两个，一是集资建了一座完全小学和一座初中，二是搞了这座养殖场。现在镇里的财政收入很大一部分来源于这座养殖场。所以他对养殖场格外重视，多次在镇里各种重要场合上申明，要像保护大熊猫一样保护养殖场。实际上，这座养殖场也关系到自己今后的命运。回县城工作只是个时间问题，回去后上面给他安排一个什么位置，这才是至关重要的。小镇里政治上是出不了什么大问题的，考核标准最过硬的是经济，经济上去了就是一好百好。

凉风一阵比一阵紧了，暑气明显在消退，河滩上几个女孩子忽然唱起歌来。孔太平心情好起来，他刚要加快步伐，迎面走来两个人影。不知为何，孔太平一认清那两人是镇完小的杨校长和徐书记，竟下意识地躲进河堤旁的柳丛里。

杨校长走到他跟前时忽然停下来说，等一下，我屙泡尿。

徐书记嗯了一声说，我陪你。

好半天没见水响。杨校长说，人家在县城里偎老婆，让我们又白等了半夜。

徐书记说，这热的天再好的女人偎起来也没味道。

杨校长说，人家不像我们这些穷教师，去年家里就装了空调，改造了自己的小气候，你还当是大环境啦！

徐书记说，你别笑我土，我还真没见过空调是什么模样哩！

杨校长说，恐怕是你不注意，县城里好多楼房的外墙上挂着些像麻将里的一饼、二饼那样的东西就是空调。

孔太平差一点笑出声来。

杨校长继续说，胡老师突然发病住院，也不知是好是歹，三个月没发工资了，医疗费还要学校先垫付，他妈的这是什么道理！

徐书记说，镇长书记只管自己升官发财，哪里会真心实意地关心教育。你没听见刚才开车的小许在镇委大院里嚷，要全镇人勒紧裤带给镇里买台桑塔纳，不然出门太丢人了。

杨校长说，也是，县里随便哪位领导少买一台车子就够全县教师好好过上一个月——喂，老徐，我这一阵不知怎么的，屙尿特别费劲，老半天也挣不出一滴。

徐书记说，莫不是前列腺有问题，得赶紧查一查，男人这地方最容易患癌症。

杨校长说，患了癌症才好，我就可以解脱了，死不死活不活反让人难熬——好好，总算屙出来了！ 憋死个人！

一阵水响过后，两人终于走开了。 孔太平听出他们要去镇医院。 孔太平明里暗里听惯了别人的牢骚话，他知道杨校长是在说自己，抬腿将眼前的柳树狠狠踹了几下后，心中的火气也就去了多半。

孔太平没走多远就碰上了地委奔小康工作组的孙萍。 孙萍一个人正顺着河堤散步，孔太平一见她那模样就开玩笑，问她是不是又收到男朋友的信或者是刚刚给男朋友写完信。 孙萍挺大方，说不是这两样，而是一个三年不通音讯的老同学突然莽撞地给她写了一封求爱信。 孔太平问她感觉如何。孙萍说她发现老同学的文章写得好了。 孔太平提醒她留心对方是不是抄了哪个名人公开发表的情书。 孙萍笑着表示了认同。 接着她告诉孔太平，镇里人都知道他今天回来，包括杨校长在内的好几拨人一直在镇委院里等着他，直到小许一个人开着车进院后，他们才散去。 孔太平问清楚了杨校长是准备找他要钱的以外，别人都是来申冤告状的，便多多少少有些放心下来。 他告诉孙萍，这年头只要不涉及钱，一切都好

办。 说了一阵闲话后，孔太平要孙萍给他帮忙做件事，马上
到镇医院去看看那个姓胡的老师到底是什么原因住院的。 孙
萍答应后便往镇医院方向去了。

　　一进镇子，街两边乘凉的人都拿眼光看他，同他打招呼
的人却很少，偶尔开口也是那几个礼节性的字。 孔太平平常
进出镇子总是坐车，同镇上的人见面的日子不多，这般光景
让他有些吃惊，自己刚来镇上时可不是这样，那时谁碰见他
都会上前来说一阵话，反映些情况，提点建议什么的。 孔太
平看见街旁一位老人还在忙不迭地招呼几个孩子，就走上去
询问他家中的情况。 他以为老人的儿子、媳妇外出打工去
了，谁知老人气呼呼地告诉他，孩子的父母都让派出所的人
抓了起来。 老人说，自家几个人在一起打麻将带点彩犯什么
法，开口就要罚款三千。 那些个贪官污吏怎么不去抓？ 那
么多贪污受贿的人怎么不去抓？ 老人一开口，四周的人都围
拢来了。 大家七嘴八舌地说了半天，孔太平总算搞清楚，原
来镇派出所前天晚上搞了一次行动，抓了四十多个用麻将赌
博的人，清一色是镇上的个体户，不要说是干部，就连农民
也没有一个。 他们认为这一定是派出所的预谋，十几万罚款
够买一台桑塔纳。 孔太平借口自己刚回，不了解情况，转身
往人群外面走。 老人在背后说，我将话说明了，要钱没有，要
命有几条。 孔太平没有理睬。 老人又说，这哪像共产党，连
国……孔太平不等他那更刺耳的话出口，便猛地转过身大声
说，不是共产党有意睁一只眼闭一只眼，让你们这些私营业

主先富起来，你们能有今天这么大的铺子？ 钱来得太容易了，就想赌，是不是？ 莫以为自己逃税的手脚做得干净，让你逃才逃得了。 孔明知道关羽会放曹操才让他去守华容道。不让你逃时，你就是如来佛手中的孙悟空。 得了共产党的恩惠却想着王八的好处，这叫什么？ 这叫混账王八蛋！ 前年订《村规民约》时，你们都签过字，赌博就要挨罚。 不想交罚款的人明天到镇委会里登个记。

孔太平一吼，街上突然静下来。 他什么也不再说，一溜烟地回到镇委院内，也不理睬别人叫他，站在院子当中扯着嗓子大叫：老阎，老阎在家吗？ 分管政法的阎副书记应声从自家门口钻出来，孔太平要他马上将派出所黄所长叫来。

他刚开门进屋，住隔壁的妇联主任就送来两瓶开水，并随口问他怎么这次出去时间延长了三四天。 孔太平说，刚开始只准备参观一下华西村，后来大家都闹着要去张家港市看看，参观团的领导只好修改日程安排。 妇联主任问他有些什么收获，孔太平一边叹气一边告诉她，经验很多，可是太先进了，西河镇一下子学不了，还得敲自己的老实锣鼓。

孔太平开始解上衣纽扣，并说自己要冲个澡。 妇联主任说，你冲你的澡，我说我的话。 孔太平说，那我就脱裤子了。 妇联主任笑着说，你那东西我家里也有，吓不着人。妇联主任说笑之间人也起身站起来，她跨过门槛后又回头告诉孔太平，他不在家里，宋家堰村超生了一个人。 她说，本来差一点就是三个，另两个被她抓住了时间差，抢先将工作做妥当了。孔太平说，今年一切工作都白做了。他叹了一口气，随手关上门。

孔太平打开水龙头，放水冲了一阵身子，他刚用肥皂将身子涂抹一遍，水龙头里就没有水了。他打开窗户探出头冲着楼下叫道，一楼的，等会儿再用水好不好，让我将澡洗完。叫了两声，水龙头里又有水了。他赶忙凑过去。这时，电话铃响了起来。孔太平一怔，马上意识到一定是妻子打来的，目的是探听他的行踪，她总是怀疑自己在镇里有别的女人，常常出其不意地搭车跑来或在半夜三更打来电话。孔太平冲出卫生间，抓起电话大声说，是我，我是孔太平，我已经准时回到镇里，你该放心了吧！别用什么孩子不听话、钥匙找不见等借口来掩盖自己的别有用心，我都明白，你不要耍这种小聪明！他吼了一通后，电话里竟无一点反应。他又说，有话你就快说，不声不响到头来还是我付电话费。电话里轻轻地响了一下，接下来是一串蜂鸣声。孔太平愣了一会儿，伸手拨了自己家里的电话号码，电话铃响了一阵后有人拿起了话筒，他对着话筒说，我爱你，你放心，我不会三心二意的！电话里忽然传出儿子的声音，儿子说，你是谁，不许你爱我妈妈，我妈妈只能让我爸爸爱！孔太平说，儿子，我就是你爸爸！儿子在那边欢叫道，妈妈，爸爸要爱你！孔太平放下电话，继续将身上的肥皂液冲洗干净。

派出所黄所长进来时，孔太平刚刚将裤子穿好，天气太热，他懒得再穿上衣，光着膀子，开门见山地问抓赌的情况。 黄所长说他们的确是选择了镇上干部发工资的前几天行动的，因为这时干部们口袋里都是瘪的，无钱上麻将桌，这样可以减少许多麻烦和难堪。 只不过他们没有考虑到镇上那些个体户竟敢公开抵抗，到现在连一分钱都没收上来。 他们准备明天先放几个女人，探探风向。 孔太平沉吟一会儿后，表态不同意这种做法，他说政府机构做事就得令行禁止，不能半途而废，否则就会失去威信。 孔太平答应镇里出面帮他们维持一下，条件是收上来的罚款二一添作五，两家对半开。 派出所所长不同意，他们正指望用这笔钱添一些交通工具。 孔太平告诉他，老百姓已猜出他们是想买辆桑塔纳，他们若真的这么做，会失去民心的。 因此，不如将这批罚款分一半出来，捐给镇里，专门发放拖欠了几个月的教师工资。黄所长有些松口了，只是不同意交出一半，他觉得太多了，教育上困难，公安部门也同样困难。 孔太平思考半天后改变主意，提出只要明天一天，到时收到多少算多少。 黄所长很高兴地同意了。

门外响起了高跟鞋的磕磕声。 孔太平连忙抓住上衣往头上套，孙萍进来时，他那铜钱大的肚脐眼还没有盖住。 孙萍刚坐下，黄所长便起身告辞，那模样似乎有点避嫌的意思。孔太平留他没留住，只好由他去了。

孙萍将乌黑的披肩长发甩到胸前，像瀑布一样垂着，然后说她想喝口茶。 孔太平正要重新泡一杯，孙萍已拿过他喝过的茶杯，有模有样地抿了一口。 孔太平想阻止却来不及，他看着孙萍那粉做的一样好看的手，心里咚咚地响了两下。

孙萍抬起头来说，孔书记这茶叶太好了，是哪个村里做的？

孔太平说，我这茶叶算什么好，这回出去考察，你们地委组织部的人那茶叶才真叫好哩，一连八九天，就是看不见他们茶杯里有哪片叶片是两芽的。

孙萍说，那还不是下面乡镇的干部送给他们的。 其实我们镇上也应该搞点特制土特产，这对开展工作有好处。

孙萍这话是双关意思，暗里还指疏通关节可以早点向上提拔。 孙萍是昨天回到镇里的，她在地区团委工作，团委同组织部在一层楼上办公。 她这次回去休假，刚好遇上东河镇的段书记鬼头鬼脑地在组织部门口转，一看就知道是上门送礼的。 孔太平本来对孙萍说话的口气有些恼火，但她话里的内容却很重要。 东河镇的段书记是他的主要竞争对手，地县领导连续三次考察，都是孔太平排第一，老段排第二。 这次地委组织部组织外出考察，人员名单都是戴帽下达的，上面没有东河镇的段书记，他原本有些暗暗高兴，没料到人家却来了这一手。

孙萍说，现在考察干部并不是光看政绩。

孔太平说，我不会这么贱，胡子一大把了，还低三下四地去巴结那些二十来岁的毛头科长。 不说这个了，说说医院里的情况吧！

孙萍说，胡老师可能是中暑了。 但医生还不敢贸然下结论，一般的中暑醒过来就没事了。 胡老师却是醒过来后又接着昏过去了。 所以非得住院观察。

孔太平嗯了一声。 孙萍继续说，同胡老师一个病房的还有宋家堰村小学的一个民办教师，两人的症状几乎一样。

孔太平想了想说，我得马上去看看，不然万一出了事可没法交代。

孔太平领着孙萍走到门口时，看到院子里空无一人，他很奇怪，往常大家总是整个晚上都在外面乘凉，怎么一下子就变得不怕热了哩！ 他下到院子中央大声说，都睡了吗？还没睡的请出来一下。 喊声刚落，家家户户都有人从门里钻出来。 孔太平告诉大家，他准备到医院里看看两个住院治病的老师，谁家里有暂时用不着的罐头、奶粉、麦乳精什么的，请先借给他用用。 孔太平一开口，几乎人人都转身进屋拿出一两样东西来，一会儿就积成不小的一堆。 孔太平也不客套，找上两只口袋装好后就往医院方向走去。

走了半天，孔太平回头一看，只有孙萍一个人跟在后面。 往常这种事他不用开口，鞍前马后总有几个人跟着，特别是妇联主任，哪怕是有意想甩也甩不掉。 孙萍走上来，接过他左手提着的那只袋子时，无意中碰了一下他的手。 顿时，一种别样的滋味袭上心头。 他一下子明白过来，大院里的人为什么要躲进屋里，为什么一个人也没跟上来。 他心里骂一句：这些狗日的东西，是想创造机会让我跳火坑哩！ 孔太平想到这里，脚下迈动的速度忽然加快了。孙萍跟不上，一会儿就被拉开几丈远。急得她不住地叫着等一等。结果，二十分钟的路程，他们只用了十五分钟。

一到医院，孔太平就嚷着找院长，见面后他二话没说，就要院长写一个收条，还注明时间是几点几分。写完收条后，他们才去病房。一边走院长一边同他说了实话。胡老师他们的病因其实已查明了，主要是营养没跟上，身子太虚了，又赶上双抢季节农活太累，所以中暑的症状就特别严重。院长对政治问题比较敏感，知道现在教师的情况很复杂，搞不好一颗火星可以燎起一场大火，所以特别吩咐主治医生将病情说含糊一些。院长说杨校长他们推测出了几分，再三追问是不是有营养不足的问题，他们咬紧牙关没有说出真情。孔太平听说胡老师一家人已经有两个月没敢花钱买肉吃，就连端午节时也只是买了一堆杂骨熬上一锅汤。而那个民办教师情况更糟，民办教师有个孩子在地区读中专，为了供孩子上学，暑假期间，他除了下田干活以外，每天还要上山砍两担柴挑到镇上来卖。昨天中午他柴没卖完，人就晕倒在街上。院长的话让孔太平心里格外沉重起来。

孔太平出人意料来到病房，胡老师他们特别感动。杨校长和徐书记还没走，他俩心里对镇委领导有些气，听孙萍说孔太平一到家就赶到医院里来，也不好一见面就发牢骚，但脸上的表情没有胡老师他们好看。孔太平不大理睬他俩，他询问了胡老师和民办教师的情况以后，当着大家的面表了硬态，他说，这个月十五号以前不将拖欠的教师工资兑现了，他就向县委递交辞职报告。孔太平这么一说，杨校长就不好再挂着脸色了，他主动上去说自己想了个减轻镇里负担的办法，让学生们再挤一挤，腾出几间教室租给别人办企业，只要一个月有三五千元的收入，学校就可以维持下去。孔太平瞪了他一眼说，这样做你不怕人背后骂，我还怕哩，你若是想当校长就只管教书，若想做生意就将校长的位子让给别人。

这时，门口跑进来一个女孩，冲着孔太平问他几时回来的。孔太平反问她怎么在这里，是不是家里有人生病了。躺在床上的民办教师忙说是学校里安排田毛毛来照料他的。田毛毛是孔太平的表妹，是他舅舅的独生女，高中毕业后在村办小学里当民办教师。田毛毛也不管是否有正经事，一下子就将孔太平拖到病房外面的走廊上，撒着娇非要表哥给她帮一回忙。田毛毛长相很动人，孔太平从小就很宠这个表妹，他早就在舅舅面前表了态，一定要给田毛毛找个合适她的工作。他的确联系了几个地方，可惜田毛毛都不愿去。孔太平以为又是找工作的事，就开口答应了，谁知田毛毛竟要他写个条子给洪塔山，让洪塔山以优惠价卖给她一千只甲鱼苗。

孔太平很奇怪，就问，你要这东西干什么？

田毛毛说，当然不是放在家里养，是别人托我要买的。

孔太平说，毛毛，你别以为现在钱好赚，生意场上的深浅太变化莫测了，你涉世太浅，经不住这种折腾。

田毛毛说，就这一回。赚点小钱将自己打扮打扮。

孔太平说，你要是想买什么就对我说。

田毛毛一撇嘴说，罢罢，我可不敢招惹你家那只醋罐子。

孔太平笑起来，他抽出笔，就近找到一张处方笺，随手写了几行字后递给田毛毛。他告诉田毛毛，甲鱼苗平常卖要二十五块钱一只，他让洪塔山用十八块钱一只卖给她。他要田毛毛别出面，直接将条子交给那要买甲鱼苗的人，然后按差价的百分之五十拿回她应得的那一份钱。他怕田毛毛上人家的当，再三叮嘱她，要她一手交条子一手收钱。田毛毛不以为然地要他别太小看她了。

孔太平返回到病房时，医院院长正同杨校长谈给自己的孩子换个班的事，院长说现在的班主任对他的孩子一直有些歧视。杨校长先否认有歧视这回事，但还是同意考虑，只不过得找个恰当的理由。孔太平来也就是看看，并没有具体的事，他向躺在病床上的人抚慰了几句，便转身往回走。

院长送了一程后正要打住，孔太平却要他一起走一走。一路上，院长不断讲些小故事，逗得孙萍笑个不停。院长说现在搞计划生育的真正阻力是男人，所以有的地方就针锋相对地让男人去结扎，免得他们搞些借腹怀胎的鬼名堂。有一回，他随计划生育工作组到一个村里去打堡垒时，一个七十多岁的老头缠着他们，非要代儿子做结扎手术，工作组不同

意，老头反将工作组的头头训了一通，说他们挫伤了他计划
生育的积极性。 孙萍的笑声让孔太平心里很难受，他知道孙
萍是下来镀金的，时间一到就要飞回去，再艰难的工作，在
她看来也只是谈笑之间的事。 然而，对他们来讲，越是让局
外人发笑的事情，做起来越要呕心沥血，绞尽脑汁。

镇委会院子里依然没有人，孔太平拖着院长在院子里的
空竹床上坐下来，直到有人从屋里走出来他才放其回去。 孔
太平回屋再次冲了一个澡，然后也搬了一张竹床到院子中
间。 他还没下楼就发现院子满是乘凉的人。

坐定后，不断有人凑过来问这问那。 食堂炊事员最后过
来，该问的别人都问了，炊事员就问华西村那么富，馒头是
不是还用粉蒸。 一院子的人都笑起来。 孙萍一边笑一边
说，何师傅，你这种问法，真有点毛主席的味道哩！ 孙萍这
话提醒了孔太平，别人都睡着了以后，他还望着天上的星星
和月亮心里细细琢磨。 人再富吃的馒头也还是粉做的，一把
手身上的脏东西多数是二把手偷偷扔的，这都是基本规律，
到哪儿也改变不了。 孔太平下决心要在三天之内搞清楚，自
己不在镇里的这段时间，到底发生了什么事。 同时，他也要
看看镇长赵卫东的政治手腕有没有长进。

鸡叫过后，天气转凉了。 孔太平咳嗽一阵，翻身吐痰
时，看见一个人影在一旁徘徊，有点欲前又止的意思。 他认
出是副镇长老柯。 老柯平时跟他跟得很紧，有什么小道消息
绝不会放在心里过夜。 现在连老柯都犹豫起来，可见问题的

严重性。

孔太平一翻身就想出了一个对策。

天亮以后，孔太平让办公室主任小赵通知早饭后开一个党委、政府和人大负责人会议。小赵告诉他，赵镇长原定今天到县里去要钱，这时恐怕已经走了。孔太平知道小赵与赵卫东是亲戚，他有意说，镇长知道我回来了，怎么连照面也不打一个就走，该不是我哪儿对不住他吧！小赵是孔太平与赵卫东之间有些摩擦以后，孔太平有意提拔起来的。老柯开始还替他担心，唯恐小赵为虎作伥。但后来的情况让老柯打心里佩服孔太平，小赵当了办公室主任以后，常常直接从孔太平那里领略到许多暗含杀机的话语，小赵当然会转告赵卫东，可赵卫东又不能就这些话有所表示和反应，那样就等于出卖了小赵，由于这种顾忌，赵卫东不得不多方做些收敛。

赵卫东果然没敢走，而且是第一个赶到会场。等人一到齐，孔太平就宣布开会。他说今天会议议题有两个，第一个议题是如何搞好社会治安，协助派出所收缴赌博罚款。孔太平没有说出自己昨晚与黄所长协商达成的协议，只说今天在家的干部都要上街，由他自己带队。有两个人当即表示不同意这么做，其中就有老柯。老柯平时总与孔太平保持高度一致，他一反对，反让大家迷惑不解起来，都不敢轻易表态。事实上，老柯的反对是孔太平会前安排的，什么原因他却没有说明。孔太平借口让大家再想想，转而进行第二个议题。他先问赵卫东有多长时间没有回家。赵卫东说差不多有四十天。 他又问了几个人，得到的答复是最少的也有二十天了。 这时，孔太平才说，第二个议题是干部休假问题。 因为"双抢"已基本结束，所以他提议镇里的干部分三批休假，第一批优先照顾三十天以上没有回家的人。 大家对这提议都表示赞同，只有赵卫东不同意。 但一点用处也没有。 孔太平说他若再不回去，妻子闹离婚时，组织上一概不负责任。 大家都笑着劝赵卫东接受这个提议。 赵卫东只好勉强地笑着答应了。 孔太平又要小赵以组织的名义通知赵卫东家里，从今天起给他七天休假。 孔太平说，赵镇长太累了，必须强制他休息一阵。 说着，他就回到第一个议题。 九点钟时，他一敲桌子，说不能占了赵镇长等人的休假时间，第一个议题过后再说。

孔太平知道别人都不愿上街和群众对着干，他开这个会的真正目的只是放赵卫东的假，收罚款的事他自有主张。 散会后，几个干部围着他说，他们还以为孔太平今天只是传达出外考察的情况。 孔太平说这事过一阵有了空再坐下来细细地说。 接着他又指出他们用词不当，考察情况只能汇报，不能传达。 干部们都说，你是一把手，怎么能向我们汇报哩，只能是我们向你汇报。 孔太平对这种回答在心里表示满意，他已经看出来刚才的会开始立竿见影了。

小赵按孔太平的吩咐，让税务所和工商所的头头带着所有的人都来镇委会开会。 同时又以镇委会的名义发了一个通告，要那些收到派出所罚款通知书的人，在今天之内将全部罚款送交到镇委会,否则后果自负。 税务所和工商所一共二十多人,孔太平领着他们先上街走了一圈,他没有向他们作什么交代,只是叫他们一个个跟紧些,路上说说笑笑可以,但不准打打闹闹。 当然制服是必须穿的,这是孔太平让小赵通知他们时最郑重地重申的一点。 转了一圈回来,孔太平让他们集中在二楼会议室打扑克下棋,自己则一个人又到街上去走了一圈。 见了人也不说话,人同他打招呼他也不理睬,顶多只是用鼻子哼一声。 从街上往回走时,他到镇广播站里去了一趟。 他刚回到镇委会院子,镇上的几个高音喇叭就同时响了。 先是报时的滴滴声,然后女播音员说,现在是北京时间十一点整,离镇委会上午下班时间还有半个小时,离镇委会下午下班时间还有七个小时。 无论是镇委会院子里还是街上的人,一下子就听出了那种最后通牒的倒计时的味道来。 孔太平上到二楼会议室,他要大家再出去走一趟,他要求这一次人人面孔必须十分严肃。 天气很热,一出门大家身上的制服就被汗水湿透了,因为镇里一把手在头里带队,他们也不好说些什么,加上心里对这些安排一直不摸底,神神秘秘的反让他们做起来挺认真。 冷冰冰铁板一样的人群在小镇的窄街上流动时,虽然已近夏日正午,却也有一股凉飕飕的东西直接渗到四周的空气中。

孔太平正在当街走着,一辆桑塔纳迎面驶来。 他看出那是洪塔山的座驾,理也不理,昂着头仍然不紧不慢地走着。桑塔纳赶紧靠到街边,接着个子和模样都让人看了不舒服的洪塔山从车子里钻出来，老远就大声说，孔书记，我有急事正要找你。孔太平说，过了今天再说，今天我没空。洪塔山还要开口，孔太平突然说，你那养殖场的干部有没有人赌博？惹毛了我，就是经济命脉，我也要查封。洪塔山一愣说，你这是说的哪门子话？孔太平，我还想见识一下，在西河镇有谁屙得出三尺高的尿！洪塔山也是在生意场上炼成精怪了的人，他意识到孔太平是在敲山震虎，马上露出一副骨头软了的模样说，我这饭碗还不是书记你给的，我可不敢让它变成石头来砸自己的脚。洪塔山站在街边，一直等到孔太平领着那群人走过去后，才转身上车。

上街转了两圈，食堂的饭已熟了，还不见有谁送罚款到镇委会来。孔太平心里有些不踏实，却不让表情露出来。他让两位所长带着自己的人到镇委会食堂去吃饭，一个人也不许回家。有几个女人推说家里有急事，想回家去。孔太平开始没有阻拦她们，等她们走到院子门口时，他才暴跳如雷地吼起来，将她们骂得狗血淋头，一声声都是说，今天是非常时期，就是家里死人失火，也必须坚守岗位到最后一刻。孔太平骂她们时，许多人都从院门外边往里望，那些话每一个字都听得清清楚楚。孔太平平时对人态度不错，从不直接批评普通干部和群众，对女同志尤其和气。这也是他妻子对他不放心的地方。今天他一反常态起来，大家立刻想到这件事的严重性和关键性。

女人们抹着眼泪回到食堂，孔太平让事务长大张旗鼓地到镇委会门前的商店里搬回四箱啤酒。 税务和工商的干部酒量都练就得比较大，孔太平自己带头上阵不说，还鼓动镇里那些会闹酒的人尽情发挥，一时间，食堂里碗盏叮当人声鼎沸。 转眼间四箱啤酒就喝光了，孔太平让事务长再去搬了两箱来。 事务长搬了啤酒回来后，悄悄告诉孔太平，说是外面有些人借故有事，在偷偷地看动静。 孔太平说自己心中有数，让他别着这个急。 事务长刚走，老柯又凑过来，提醒孔太平是不是稍加收敛，这么大吃大喝传出去影响不好。 孔太平说，大吃大喝也是一种工作方法。

一顿饭用了两个小时，六箱啤酒全喝光了。 大家都很高兴，连那几个挨了训的女人也都带着醉意说孔太平工作确实有方，跟着他她们愿意指哪儿打哪儿。 孔太平没有醉，他只喝了很少几杯酒，看见拐角处有人在偷偷张望，他故意大声说，那好，下午依然是一边休息一边待命，一过六点钟就行动。

下午三点钟，广播喇叭里说离镇委会下班时间还有三个小时。

三点过五分，小赵接待了第一个来交罚款的人。 紧接着交罚款的人像穿珍珠一样，一串接一串地来了。 交完罚款，他们都要问一个相同的问题，就是交了罚款以后还会不会吊销他们的营业执照。 税务所和工商所的人听了很奇怪，他们从没有说过要吊销谁的执照的话。 孔太平不让他们将谜底揭穿，他要他们对那些人说，现在个体户太泛滥了，该关的就要关，该管的就要管。 这话一点儿也没有违反国家政策，但从孔太平嘴里说出来时，却有一股子杀气。 孔太平说，现在这个时候，当领导的就是要时时透露一点杀气给人看。

孔太平看着小赵的登记表上已有了整整四十个人，抽屉里的现金塞得满满的，脸上立即堆起了笑容。 正在开心时，派出所黄所长急匆匆地闯进来。

黄所长腰里吊着一把手枪，见了面就嚷，孔书记，你可不能将我们的油水揩干净了呀。 孔太平说，哪里哪里，我们绝对保证只收今天一天，以后的全归你。

黄所长说，你们还会给我以后？ 不到天黑就会收光的。

孔太平说，不会的，绝对不会。 小赵，我们收了多少人的罚款？

小赵心领神会，马上说，才二十多个。

黄所长说，赵主任，你别太小瞧我们的侦察能力了，你们已经收了三十九个人的罚款，正负误差不会超过两人。

孔太平心里吃了一惊，他怕事搞僵，忙说，我们也没料到局势会变化得这么快。

黄所长说，你大书记也别挖苦我们，我们有我们的难处，枪杆子不能对着人民专政，人民公安是保护人民的，不像你们人民政府是管着人民的。

孔太平说，都是社会主义事业。 我看这样，镇里这边就收到现在为止，剩下的都让他们去派出所。

黄所长很干脆地说，不行。

　　孔太平一见黄所长的态度很强硬，就先拐个弯说，要不这样，剩下的还是你们收，至于我们已经收了的，找个机会，我们再好好商量一下。

　　他这边一软，黄所长就不好再强硬下去，但他要求今晚就开始协商。孔太平想了想，见找不出合适的理由，只好答应他。黄所长一走，孔太平就叫小赵先将现金送到银行里存起来。小赵从未见过这么多钱，一个人不敢去，就叫上小许开车送。他俩刚上车，马达尚在呜呜叫着没有发动起来，办公室电话铃突然响了。孔太平拿起话筒一听，竟是赵卫东。

　　赵卫东上午出了大院门，其实并没有回去。孔太平不便问他躲在哪里。赵卫东说，有人给他透露消息，派出所准备派人半路拦劫，将镇里收到的罚款控制在手里，争取分配的主动权。黄所长判断镇委会的人不敢将这笔巨款存放在办公室，一定会在天黑之前送到银行里去，所以他已派人在工商银行与农业银行附近分别把守着。孔太平心里很恼火，他没料到黄所长竟会这么干。不过他又有点不相信。他将小赵从车上叫下来，让小许开着车出去转了一圈。小许回来说情况真如赵卫东所说，不仅银行门口有派出所的人，就是镇委会大院门口也有一个拿着对讲机的警察在望风。孔太平不由得对赵卫东心生些许谢意。

　　他冷静地想了一阵，终于有了应对的办法。首先他亲自给县教委、电视台和县里分管教育的副书记、副县长打了电话，请他们今晚来西河镇参加一项重要活动。接着又给洪塔山打电话，调他的桑塔纳去接县电视台的记者。然后他让小赵坐上小许的车，到两家银行门口去逛几趟，将黄所长的人从镇委大院门口调开。小赵和小许一动身，大门口的那个警察果然就尾随而去了。接着洪塔山的桑塔纳准时开了进来，洪塔山也随车来了。孔太平让老柯去县里将一应人都督促来。

洪塔山来是找孔太平有事，在等待镇教育站何站长的空隙里，洪塔山对孔太平说，养殖场里昨天来了几个客户，偏偏甲鱼池旁边的棉花地有人正在打农药。洪塔山怕被客户碰见会有不利因素，影响他们之间产销合同的签订，就亲自去劝那打农药的田细伯稍缓两天再打，结果双方发生了冲突，田细伯差一点用锄头敲碎洪塔山的头。孔太平轻轻笑了笑，田细伯是他的亲舅舅。他答应明天抽空去帮助洪塔山处理这事。两人分手时，孔太平告诉洪塔山，他写了一个条子，答应给人一些甲鱼苗，希望洪塔山给个方便。洪塔山说得很漂亮，他说只要是孔书记的指示，他绝对百分之一百二十地照吩咐办。

洪塔山刚走，教育站何站长就来了。孔太平非常严肃地先要他用党性来作担保，然后才告诉他，无论他想什么办法，一定要紧急通知全镇各学校校长，晚上八点钟准时赶到镇委会会议室开会，而且必须保密，开会之前不能让消息走漏给外界。何站长有些摸不着头脑，孔太平不肯透露半点信息，只说绝对是不让他们吃亏的事。何站长自有办法，转身到镇外的必经之路上，有人过来就伸手拦住，问清楚是哪个村的，让他们给村小学校长捎信，说是有民办教师转正指标下来，要连夜讨论。

从何站长告诉第一个人算起，到最后一位校长赶到教育站，总共只用了一个半小时。来得最早的是镇完小的杨校长，完小里没有民办教师，但他意识到这个会可能有其他目的，他问何站长时，吓得何站长赶忙摇手叫他别瞎猜免得让自己犯错误。杨校长不管这个，继续追问是不是镇里想用那笔赌博罚款补发教师工资，何站长一方面叫他别再说下去，一方面又回答说这种推测有几分道理，现在的事没有比钱的问题更让人敏感了，何况又是从派出所荷包里掏出来的钱，那敏感程度则更要翻倍了。其他校长来了后，他们就不再说这个。校长们争着先要看文件。何站长拿不出来，便随口说，到时县里领导要来亲自传达。校长们到齐后，派出所黄所长也来了。黄所长说自己是来帮一个亲戚开后门的。何站长装模作样地记下了他那亲戚的名字。黄所长忽然问，怎么中学唐校长没来。何站长本是将中学给忘了，他下意识地撒了一个谎，说中学里没有民办教师，倒是天衣无缝。黄所长走后，何站长越发感到杨校长的推测有道理。八点钟时，他带着一帮校长来到镇里，他一个人悄悄地将这一切都说给了孔太平，并重点申明自己是领会到领导的意图以后，有意不通知中学唐校长与会，免得引起派出所的怀疑。孔太平一点也没有给他面子，反说是画蛇添足，不让唐校长来才让人怀疑。 何站长想一想终于悟出道理来，现在哪个会议不是毫不相关的人坐半屋子，来与不来是对会议主题的态度问题。看着何站长灰溜溜地走到一边，孔太平心里又有些感叹，他觉得文人的自作聪明真是又可嫌又可怜。 这时，黄所长带着他的两个副手全副武装地走了过来。

孔太平老远就冲着他们笑，并大声说，天气这么热，还这么注重仪表。

黄所长说，我这是向税务所和工商所学来的，有些事情是得用点威慑力量。

孔太平说，要是你威慑到党委和政府头上，那可就要犯大错误哟！

黄所长听出这话的分量来，他不甘示弱地说，要不要我们回去重新打扮一下，再找几个公关小姐陪着来！

孔太平见好就收，他说，不用不用，我们这些做地方领导的还巴不得请两名武装警察站在门口哩，你们一威风，我们也跟着像个英雄了。

听到这话的人都笑起来。 孔太平趁机将黄所长等三人请进办公室。 跟着县教委主任、电视台记者和县委肖副书记都来了。 孔太平让记者们先打开摄像机，他介绍情况时，他们就可以同时做节目采访了。 孔太平开门见山地对着摄像机镜头说，他代表全镇五万人民感谢镇派出所在自己经济状况十分困难的情况下，仍向全镇教育系统捐款人民币十二万元。黄所长一时没反应过来，摄像的强光一照，三个人都有些发呆。肖副书记表扬他们的话，他们一句也没有听进去。直到孔太平请他们一起到二楼会议室同全镇教育界的代表见面，走出办公室时，室外的凉风一吹，他们才清醒过来。两个副所长借口上厕所，便一去不回。黄所长挨着肖副书记，他不敢走，而且还在聚光灯下，亲手将孔太平交给他的一大提包现金，转交给何站长。在十几位校长的掌声中，黄所长还说了一些堂皇的话语。何站长抱着大提包发表讲话时，黄所长趁人不注意，踢了孔太平一脚。

孔太平没有还手，他小声说，你应该感谢我让你出了名，他们说了，这条新闻可以上省电视台的新闻联播。另外上地区和省的日报一点问题也没有。黄所长说，你不该设下圈套让我钻。

孔太平说，我这也是没办法，镇财政太穷了。

黄所长说，只怕是有些事到时候我也没办法。

捐款仪式一结束，黄所长就走了。这时，校长们已知道民办教师转正通知完全是编造的，惹得他们一个个有喜有忧。喜自然是拖欠的工资可以到手了，忧则是回去没法向民办教师们交代。肖副书记只对结果满意，但对过程提出了批评。孔太平说，如果县里给他们镇一百万，他绝对负责一切都照党章和宪法法律办事。他说正确路线不能当饭吃，不能当钱花。批评归批评，肖副书记也明白基层干部的难处，他说自己在理论上绝对不支持这种做法。正经话说完以后，他甚至要孔太平付给他当演员的劳务费。孔太平听到大家都跟着肖副书记喊他孔导演，不由得苦笑几声。

大家一一告辞时，何站长也想走，孔太平叫他先留下。待肖副书记他们都走了，孔太平将何站长叫到办公室，当着老柯和小赵的面，他要何站长将十二万块钱中分出四万块钱给镇委会。何站长有些不情愿，他觉得教育站将各方情意都领了，不能只得到折的好处。孔太平不说话，只是阴着脸坐在那里。小赵和老柯不停地劝何站长，要体谅孔书记的一片苦心，没有孔书记这破釜沉舟的一招，这拖欠的几个月工资可能再过一年半载也没钱发放。何站长说这钱本来镇里就是要给的，现在名义上给了十二万，可实际上只得到八万，这之间的亏空，教育站实在没办法背负。做了半夜工作，何站长还是不松口，孔太平火了，他指着何站长的鼻子说，老何，你别给面子还不知道要。十二万都给你，你也多得不了一分钱，我要四万自己也不敢都贪污了，就这样定了。就现在，你数出四万给赵主任。说着他一甩椅子到院子里乘凉去了。

他刚坐下，孙萍就将自己的躺椅搬过来。两人相距不远也不近。孙萍告诉他，镇里对今天发生的两件事反响很强烈，群众都说孔书记真有水平，一天时间就将当今最霸道的人和最难缠的人都摆平了。孔太平问孙萍还听说其他情况没有，孙萍说别的没有，就只看见赵卫东赵镇长在街上拦住肖副书记的车，似乎是回县里去了。孔太平心里又有些不爽，赵卫东同肖副书记是高中同学，关系不同一般，两人这一路同车，也不知会说些什么对他不利的话。 孔太平犹豫了一阵，到底还是开口问孙萍在地委组织部有没有比较好的关系。 他以为孙萍会理解自己的意思，哪知孙萍只说了她有一个校友在组织部当干部科科长后，就没有下文了。 干部科正好管着孔太平这一类干部的升迁，孔太平对孙萍一下子重视起来。

这时，小赵走过来，说何站长已答应了，但他希望孔书记表个态，在镇里财政收入情况好转以后，采取某种形式给教育站增加四万块钱。 孔太平毫不犹豫地说了两个字：没门。 过了一会儿，他又斩钉截铁地说，这个先例不能开，党委和政府不是个体商店可以讨价还价。 小赵回屋不久，何站长一个人提着大提包出来了。 他有些垂头丧气地同孔太平打了个招呼。 孔太平看着他的背影突然将他叫住，然后又叫小赵和老柯过来，他要小赵和老柯护送何站长到银行去，将钱存起来，以免出现意外。 何站长苦笑着说，别人抢劫偷盗我都能对付，我只怕你孔书记，大家都以为孔太平要发脾气，谁知他竟哈哈大笑起来。

老柯从银行里回来后，坐在孔太平的竹床上，两人说了一通悄悄话，老柯告诉孔太平，赵卫东这一阵在镇里放风说孔太平要回县里去当商业局长。 孔太平心里响了一下。 镇委书记去当商业局长，看起来是平调，实际上是降职使用。这种类似的职务一般只给乡镇长，书记则大多是到人事、财税、公检法等要害部门，或者到大委大办去，否则就有问题了。 孔太平明白昨晚回来时的冷清场面，一定是这个原因，他没有责怪老柯不及时通风报信，老柯有老柯的难处，与他太亲近了，万一赵卫东当了镇委书记，他的处境会不妙的。他原谅了老柯还因为今晚的气氛已发生了变化，大家公开地说西河镇唯有他孔太平才能镇住，别人都不行。 他对后面这句话感到特别舒服。 但他心里还是打定主意要找机会让赵卫东出一回丑，杀杀赵卫东身上的那股邪气。 他将小赵叫来，问他知不知道赵镇长现在在哪儿。 小赵这次真算见识了孔太平的厉害，他不敢说假话，如实说赵卫东晚上才回去，整个白天赵卫东都在财政所同人下象棋。 小赵说赵卫东是担心镇里今天有事万一用得着他，才没有走的。 孔太平心里清楚赵卫东是怎么个想法，赵卫东一定是打算出来收拾残局的。 他没有将这一点戳穿，他心里在担心赵卫东将财政所控制得太死了。 镇里分工，他管人事干部，赵卫东管财政金融。 他在内心作检讨，今后对赵卫东分管的这一块也不能太放任了。

夜深以后，院子里静下来，天上的星星此时格外明亮。孔太平又想起小时在河滩乘凉时有人喊狼来了的情节，他觉得如果现在能找到这个人，肯定十分有趣。

半夜过后，孔太平朦朦胧胧地感到有人用什么东西往他身上遮盖着。 他以为是孙萍，睁开眼睛一看，是妇联主任。他没有作声，又将眼睛闭上。 刚刚睡着，忽然有人将他摇醒了。 摇醒他的人是洪塔山。 洪塔山也不管他是否完全清醒，急如星火地告诉他，派出所将他的那几个客户抓走了。孔太平迷糊地问为什么抓他们，洪塔山说是因为有几个姑娘陪他们玩。 这话让孔太平一下子惊醒了，他翻身坐起来，从头到尾细问了一遍。 为了招待那几个客户，洪塔山专门从省城请来几个公关小姐，昨晚没事，哪知今晚派出所突然下了手。 养殖场四周围墙上架有电网，派出所的人也做得出来，居然像特务一样剪断电网，从围墙上爬进养殖场，又用麻醉枪将几条大狼狗放倒，顺顺利利地钻进客房里，将那些男男女女光着身子逮走了。 洪塔山说他们事先还专门请派出所全体人员吃了一顿，明明白白地请黄所长高抬贵手给企业一条活路，黄所长已答应只要不太出格，他们就睁一只眼闭一只眼。 洪塔山断定他们出尔反尔只是为了报复镇委会和镇政府，因此这事非得由孔太平出面调解不可。

　　洪塔山的养殖场提供的税收占全镇财政收入的百分之五十以上，有时竟达到百分之六十左右，而这几个客户又保证了养殖场销售额的百分之五十到六十。 派出所这一招实际上是冲着孔太平的咽喉而来，孔太平身上感到一股凉飕飕的寒气在弥漫，转眼之间浑身上下又有了一种火烧火燎的感觉。他朝洪塔山要了一支烟，一口下去就吸掉了半截。 恢复冷静后，他要洪塔山严格控制此事的知情范围，对养殖场内部的人要把话说绝，谁将此事告诉第二个人，就立即开除出场。对外部的人除了他以外，暂时谁也不要说。 而且他估计，派出所那边也不会将此事大肆渲染，甚至有可能同样严格控制此事的知情范围。

洪塔山当即回场处理内部事宜。

孔太平一个人想了好久，才决定将此事扩大到小赵那里。他叫醒小赵并对小赵说这事到他那里应该画上句号，包括镇长暂时都不要让他知道，孔太平带着小赵往派出所走去。

让他们奇怪的是，派出所屋里屋外竟是一片漆黑。他们对着紧闭的大门叫了半天，也不见有人来开门。孔太平心里窝起一团火又不能发泄出来，他强忍着让小赵别再叫了，干脆回去睡觉，明早再来。

天亮后不久，洪塔山又跑来了，他告诉孔太平，五更里场里值班人员接到一个客户家里打来的电话，那个客户的妻子因为打麻将也被公安局抓了起来，家里要他赶紧回去救人。洪塔山不管三七二十一，拉起半醒不醒的孔太平就往外走。孔太平生气地摆脱他，说自己总不能连脸也不要吧。他洗脸刷牙时，洪塔山一直在旁边催促着说，我的好书记，你动作快点吧！到派出所的路上，洪塔山将自己如何在场里作的安排，一一对孔太平作了汇报。孔太平没有挑出什么毛病，就说他是亡羊补牢。

派出所半掩着的大门前，一只肥猪正在拉屎，热腾腾的白气升起老高。孔太平正要吆喝，从门缝里飞出半截砖头，砸在猪身上发出闷闷的一声响。大肥猪一下子蹿出老远，并且像有绳子牵着一样，从门缝里拖出一个人来。三人一碰面，孔太平发现他正好是黄所长。

黄所长拿着一把扫帚说，孔书记、洪老板，二位一大早结伴而来，是不是向我们这些穷警察捐赠点什么？

孔太平说，黄所长你也别叫穷，我们不会在你这儿揩油吃早饭，还是让我们进屋去说话吧！

黄所长做一个请的手势。派出所办公室的确有些寒碜，两只破沙发上，几团黑棉絮从窟窿里翻了出来，水泥地面上尽是大坑小坑，办公桌的油漆已经剥落了许多，上面印着的一条毛主席语录已残缺不全了。

洪塔山说，黄所长，办公条件这样艰苦可不行，什么时候闲了到养殖场去走一走，我送几套办公用品给你们。

黄所长说，洪老板这么慷慨，我却不敢接受，艰苦点好，免得落下个腐败的嫌疑。

黄所长接着说，照我多年办案的经验，无论是当领导的，还是当老板的，如果是主动登我破门槛，一定是有求于我。

孔太平说，黄所长你也别绕弯子了，我们的确是无事不登三宝殿，当然，话说回来，你这儿也太森严了，个个腰间都别着一把铁公鸡，好人也还怕枪走火哩。

孔太平使了个眼色，洪塔山忙说，请黄所长高抬贵手，将我那几个客人放了。小弟我还懂得规矩，知道如何感谢你们。

黄所长正色说，你这话是什么意思，别说我们这儿没有你们的什么客人，就是有客人被逮住了，也会绝对按法律条文办事，要谢你们到北京去对着天安门磕几个响头就行。

洪塔山说，黄所长别戏弄我，我们职工昨晚亲眼看见你的两个副手带人冲进客房里，将那几个人带走的。

黄所长说，这不可能，他们做事不可能不先同我打招呼。当警察与钩心斗角的官场和互不买账的生意场不同，我们这儿是军令如山，官大一级压死人，管你没商量！

孔太平说，不看僧面看佛面，昨晚我就亲自来过，无论怎么叫你们都不开门，现在是第二次了，你总该给我们一个准确的信息吧！

黄所长说，我们借贵处宝地安营扎寨，哪敢得罪你们。昨晚上所里的同志都出去巡夜了，按规定，家属是不能管公事的，孔书记你也别见怪。我这就去替你们查，看看是否有人搞僭越，有事没有通过我。

黄所长让他们坐一会儿，自己去去就来。他一走，孔太平和洪塔山就相对骂了一声，妈的！果然，只一小会儿他就转回来了，进门就说，是抓了几个外地人，已搞清楚了，没什么问题，刚刚放了他们。孔太平和洪塔山赶到门口一看，果然有几个男女在往门外走，洪塔山一喜说正是他们。黄所长连声说误会误会，并将他俩一直送出门。孔太平心里觉得奇怪，跨过大门门槛后，他回头看了一眼，见派出所的几个人正相对而笑。

洪塔山也没顾得上同孔太平打招呼，连同客户和公关小姐们一起，六七个人挤进桑塔纳里，向养殖场疾驰而去。

孔太平刚回到镇委会，小赵就迎上来告诉他，昨天夜里，山里的一个村子发生了泥石流，其中一个百十来口人的垸子几乎完全被毁，死了九个人，牲畜还没有准确统计，最少也有四十多头。孔太平头皮一下子发麻了，血气阻在那儿，仿佛要涨破头皮。他望了望初露的骄阳，真不敢相信这是事实。可山里就是这样，隔着一道山梁，一边暴雨成灾，一边赤地遍野。他让小赵将昨晚扣下来的四万块钱全部拿出来，同时大声吆喝，让镇委会在家的同志作好准备十分钟以后随他出发去救灾。镇里只留小赵一个人上传下达，小赵将四万块现金交给他时，提议火速通知赵镇长回来。孔太平没有同意，他只同意让赵卫东在县里作些联络，尽可能多弄一些救灾物资、资金回来。他对小赵说，你告诉赵镇长，三天之内他要是不能搞到五万块钱现金、一万斤粮食，我跟他从此就是仇人。

十分钟以后，全镇的干部都出动了。孔太平带上老柯、孙萍和妇联主任坐上吉普车在头里走了。路过派出所，他让小许停一下车，自己跳下去找到黄所长，要他派两个人去帮助维护治安。黄所长了解情况后，连忙叫全所的人将自备的干粮与治外伤的药全都拿出来交给他，然后骑上那辆旧三轮摩托，亲自往灾区赶。黄所长的做法提醒了孔太平，他让孙萍下车返回去，协助小赵通知镇上各部门各单位，轮流做些熟食送到山里，同时动员镇上的人将自家的旧衣旧物捐献出来。

　　黄所长的三轮摩托拉着警报在前开道，半路上果然见到路旁的河里在涨着浊水。 被泥石流袭击过的村庄田野真是不忍目睹，半夜从家里仓皇逃出来的人们，多数只穿着一条裤衩。 失去衣服遮护的女人们全都挤成一团躲在一处小山洼里，高高低低地一声接一声地哭着。 男人们望着面目全非的垸子，一声不吭地怔在那里。 天上还在下着雨，泥浆在男人女人那半裸的身体上流淌着。 孔太平记得垸子附近有所小学，就想将灾民转移到学校里去躲一躲，他蹚过齐腰深的泥泞过去看时，才发现学校已被毁得干干净净，就连学校操场边的一棵有八百多年树龄的银杏树，也被连根拔起，滚到很远的一处山崖下。

　　孔太平他们忙了半天，救灾工作才有点头绪。 中午过后，县里的领导赶来了，赵卫东也坐着他们的车子赶回来。 一见面赵卫东就说他已按照孔书记的要求完成了任务。 孔太平免不了要说几句客套话，但他在心里还保持着警惕，赵卫东能在半天之内完成这些钱粮任务，可见他的潜力很大。 孔太平让赵卫东仍旧回镇里去组织救灾的后勤保障工作。 这时，天已晴了。 太阳一出来，气温就急剧升高。 孔太平夜里没有休息好，白天里一急一累，外加太阳一烤，早上和中午又没有好好吃东西，他正在指挥别人搭简易棚子时，突然一阵晕眩，人一歪倒在地上。 大家七手八脚地将他抬到阴凉地方，早有医生上来给他推了一针葡萄糖。

孔太平醒过来不一会儿，洪塔山匆匆跑来了。 孔太平以为洪塔山是来救灾的，一搭腔才知道他还是为了那几个客户嫖妓的事。 派出所名义上是将那几个人放了，但还扣着他们的身份证，以及他们的交代材料。 他们被放出来时，派出所没有一个人对他们说什么。 洪塔山推测，可能是要他们拿钱去赎回那些证词证物。

天灾人祸都处理不过来，洪塔山又拿这说不出口的事来烦他，孔太平真有点恼火了。 他生气地质问洪塔山说，你是不是还想我去给养殖场当干爹，拉皮条！ 洪塔山并不示弱，他说你信任我，让我当这全镇财政顶梁柱的头头，我得对你负责，不然企业出了问题，到头来还得你出面收场。

孔太平说，你别拿这个来要挟我，我不吃这一套！ 洪塔山说，我说的是实话，换了赵镇长我还懒得这么跑腿费口舌哩。 养殖场不是我的。 办垮了我正好有理由去干个体。

洪塔山说能不能拿钱去贿赂派出所的人，他等着听孔太平的答复，有人挑担子他才敢做，不然恐怕将来跳进黄河也洗不清。 洪塔山说着转身跳进淤泥中，帮忙寻找被掩埋的物件。

孔太平清楚自己绝不能开口表态同意洪塔山这么做，这是原则问题。 然而，卡着养殖场脖子的几个客户，实际上也在卡着他的脖子，养殖场一垮，全镇财政一瘫痪，自己的政治前途也就终结了。 别人以为他还在休息，都不忍来打扰。他一个人苦苦思索了半天，终于觉得有个办法可以一试。 他朝洪塔山招三次手，洪塔山才发现。

孔太平要洪塔山在天黑之前将那几个客户用车送到这儿来，名义上是找黄所长说情，实际上是要他们触景生情，主动表示爱心善心，先让他们受感动，再让他们自己去感动黄所长，形成一个连环套。洪塔山觉得除此以外别无他法，假如这个连环计成功了，也是最理想的结果。

西河镇虽然山多沟多，毕竟只那么大一个地盘，桑塔纳跑一个来回，也就个把钟头。洪塔山将那几个客户领上山时，孔太平事先将黄所长叫到身边，名义上商议晚上要不要派人巡逻值班。黄所长说为了防止发生万一还是派人顶几夜为好。这事刚说好，洪塔山他们走拢来了。几个客户严肃的面孔上都流露着震惊与痛苦。洪塔山向黄所长说，他们是特地来请求宽恕的。年纪稍大一些的姓马的客户打断他的话说，我们的事算个屁，是自讨苦吃，这些人才是真正造孽哟。太多钱我也拿不出来，说话算数，我捐一万块钱帮助他们重建家园。这位姓马的一带头，剩下几个也马上表示，大家都是不多也不少，每人捐出一万，他们身上没有带太多的现金，当场一人写了一张欠条给洪塔山，让洪塔山先替他们垫付，他们回去以后马上将钱汇过来。洪塔山与他们的业务关系很密切，信得过他们，所以没有不答应的道理。

孔太平见他们正按自己预计的去做，心里很高兴，自然说了不少感激的话，并且大声对现场四周的干部群众作了宣布。受了灾的那些人更是热泪盈眶。激动一阵后，大家又回过头来说泥石流，说到最后几乎都是一样的话：他们都听说过泥石流的厉害，可是没想到泥石流这么厉害，简直就像一群饿狼攻击一头瘦牛一样。孔太平抓住时机对黄所长悄悄地说了一句话。他说，其实，这些人心眼也不坏，还算有良知。

黄所长看了他一眼说，孔书记，尽管这幕戏只有我一个观众，但我还是被感动了，不管怎样，我也得为这些灾民着想啊。

说着话，黄所长取出腰上的对讲机，他先喂喂地联络了几声，然后说，王八案子取消，放他们一马。洪塔山一高兴，当场表示要送一台大哥大给黄所长。几个客户也千恩万谢地说了不少好话，他们最怕这事捅出去在家人面前不好交代。黄所长叫他们到派出所去将身份证拿走，交代材料当面在派出所毁掉。

他们走后，剩下孔太平和黄所长站在树荫下，一时不知说什么好。过了好久，黄所长先找到话题，他说搞政治的人总以为自己比别人聪明，总爱要些小花样，其实有些事明着说效果反而更好些。孔太平连忙作了一番解释，说自己这样做也是穷怕了，明里是一级政权，可是光有政没有权，有时候不得不做些违心的事，搞些短期行为，欺下瞒上敲左诈右，不这样日子就没法过。黄所长说，我也对你说点真心话，不是体谅你的难处，这一回非要让你服输不可，只要我咬住养殖场，你孔书记就是有九条命也过不去这一关。孔太平叹气说，我也说实话，哪个狗日的想赖在书记的位置上不下来。我早就不想干，可人总得争口气，不干了也得有个体面的退法。有人想撵我走，可我偏不走。黄所长说，我知道你指的是谁，是赵卫东，对不对？那小子鬼头鬼脑的，还总想同我套近乎！不是卖乖，我更喜欢你些，哪怕有时是对手，同你干仗很过瘾，输了也痛快。孔太平笑起来，黄所长也跟着笑。笑过之后，孔太平说，到了这一步，我们索性说个明白，你跟我说实话，是不是有人在告洪塔山的状？黄所长说，没有，我们这儿没有，县局有没有我就不知道了。孔太平说，你得帮助我探个虚实，查一查到底情况如何，最少让我心里有个底。黄所长说，我可以问出个九分谱，但别的你可不要找我。孔太平说，能这样我就很感谢了。黄所长问他检察院那边查不查，那边可是经济案子。孔太平想了想说不用查，别的问题他可以想法保洪塔山，如果是经济上有问题，保他反不如抓他，免得好好的一个企业被他搞垮了。听他这一说，黄所长当即擂了孔太平一拳，并夸奖孔太平是个清官坯子。他后面的话是在试探，因为百分之百有问题的领导，在下属案发以后，总是想方设法找检察院里的人探听，以判断下属是否将自己牵连进去。孔太平敢于置检察院而不顾，说明他在这方面是清白的。孔太平吓了一跳，他没料到黄所长在这种气氛下还在搞侦查，黄所长告诉他，许多案子其实都是在这样的不经意中发现并破获的。黄所长问孔太平想不想知道赵卫东的一些个人隐私。孔太平一口谢绝了，他有他的理由，他认为自己同赵卫东实际上是在搞一场政治竞争，知道了隐私就会加以利用，这会导致自己在工作上少花精力，别看一时可以得势，但最终还是不行的，因为别人知道了这一点后会充分作好防范，什么事都有一条暗暗的红线作界线。失去别人的信任比什么都可怕。黄所长觉得孔太平的这段话里充满了哲学辩证法。

救灾工作搞了差不多一个星期，灾民总算都安置下来了。资金紧巴巴的，但总算对付过来了。孔太平没有让洪塔山先将客户们的捐款垫付出来，他想着冬天，那时才是真正的困难，得预防着点。那几个客户回去后，怕邮寄出问题，包了一辆出租亲自将钱送过来。孔太平让小赵将钱分文不动地存进银行。

孔太平刚刚松口气，又马上担起心来，因为又到了月半发工资的日子。先是财政所丁所长找他诉苦，说自己无论怎么样努力奔波也只是筹集到全镇工资总数的一半稍多一点。孔太平要他去找分管财政的赵卫东。丁所长去了以后又依旧回来找他，而且是同镇委会的会计一起来的。孔太平摆出一副撒手不管的架势，说自己这个月工资暂时不领，为镇财政分忧。会计提出先将小赵存的那笔救灾款子挪出来用一用，到时候再填进去。孔太平正色说，不许提这笔钱，谁若是动一分，我就撤谁的职。丁所长这时才说，实在不行，可以将养殖场下月应交的款项先收了。孔太平心里早就料到了这一招，他估计这是赵卫东他们私下设计好了的，目的就是想插手养殖场。

他不动声色地说，这得看人家企业同不同意，若同意我没意见。

丁所长说，洪塔山那里得孔书记发话才行，别人去了不管用。孔太平愠怒起来，他说，你这是说的什么话，好像洪塔山是我的亲信家丁，可我听说你们哪一个去不是在他那里又吃又拿的，一箱阿诗玛三五天就抽光了。他站起来大声说，我累了我要休息，现在该轮到我休假了。

孔太平让小赵通知镇上主要干部到一起开个会。会上他没说别的，只说自己这几天腹部很不舒服，因此打算从明天起休息一阵，顺便检查一下身体，家里的工作都由赵镇长主持等等。赵卫东没有当面提钱的事，反而说希望大家在这一段时间里尽可能不要去打扰孔书记，让他安安静静地休养一阵。孔太平从这话里听出一些意思来，但他懒得同他计较。

回到屋里，孔太平独自坐了一会儿，然后开始将一些必需用品放进手提包里。后来，他清点起口袋和抽屉里的钱，连毛毛票一起，刚好够一百元，钱是少了点，好在是回家，多和少不大要紧。屋子里很热，镇上又停了电，只靠自己用扇子扇风，实在够呛。他想起家里空调的舒适，妻子的温存，儿子的可爱，心里忽然有了几分期盼。这时，表妹田毛毛敲门进来了。几天不见，田毛毛变了模样，颈上多了一条金项链，身上的连衣裙不仅是新款式，而且没有过去的那种皱巴巴的感觉。 孔太平多看了几眼，田毛毛就问自己是不是变漂亮了。 孔太平则问她，洪塔山是不是已将甲鱼苗按数给她了。 田毛毛说，如果不是做成了这笔生意，我能有钱买这些东西吗？ 她补充说，我现在既不像民办教师也不想当民办教师了。

孔太平说，那你想做什么？

田毛毛说，暂时保密，不过我想你到时肯定会大吃一惊的。

孔太平笑一笑，也不追问，他说，你父亲好吗，听说他同养殖场的人干了一仗？ 想必身体没有什么问题。

田毛毛说，他还是那个样，一天到晚都在那一亩半田里泡着，将棉花种得比我妈妈还漂亮。 孔太平说，怎么不说他的棉花种得比你还漂亮？

田毛毛说，他心里是想，可是没能做到。 不过他也不敢，他种的棉花若是比我还漂亮，恐怕每株都要变成迷人的妖精。

孔太平说，那也是，光你这小妖精就够他对付了。

田毛毛咔咔地笑起来，她忽然问，表哥，你知道我给甲鱼苗取了什么名字？

孔太平猜不出来。

田毛毛说，它叫迷你王八。

孔太平没听清，随口反问了一句。

田毛毛说，现在小家电等商品不是流行什么迷你型吗，这甲鱼苗不就是迷你型王八吗。 孔太平笑得差一点没将手中的茶杯跌落了。 田毛毛得意时，那种娇态特别让人喜爱。田毛毛将一块红丝线系着的小玉佛送给孔太平，说是她特意买的，男佩玉，女戴金，可以避邪，还搬出贾宝玉作证明。孔太平不敢戴这玉佛，且不说党政干部戴这东西影响不好，单就三十大几的年龄也不合适。 田毛毛说干部们之所以老得快，根本原因是心态衰老得太快，总以为成熟是一件好事。孔太平不同她讨论这个，转而问那个住医院的民办教师的情况。 听说那人已出了院，并且已领到拖欠几个月的补助工资，孔太平心情更加好起来。

　　说了一阵闲话，田毛毛突然提出要他帮忙，做做她父亲的工作，她想同家里分开过。 孔太平吃了一惊，直到弄清她的真实目的是想分得那一亩半棉花田的三分之一后，他才稍稍宽下心来。 孔太平一边问她要地干什么，一边在心里作出推测。 田毛毛不说她的目的所在，孔太平也想不出根由。他不肯表态做舅舅的工作，惹得田毛毛噘着嘴气冲冲地走了。 孔太平追到门外留她吃过午饭再走，她连头也不回一下。 他开玩笑说，看来自己不是迷你型的表哥。 田毛毛这才回一句话，说孔太平这个表哥是冷血型的。

　　田毛毛走后，孔太平又到办公室里去转了转，翻翻当天的报纸，发现地区日报上有一篇消息说西河镇党委、政府高度重视教育，然后将孔太平去医院看望教师，千方百计组织资金，将拖欠的教师工资全部补发了等几个例子举出来。 孔太平一看文章没有点赵卫东的名就猜出是孙萍写的，本地的业余通讯员，无论何时也不会忘记在每一处都做到党政一把手之间的相对平衡。 他拿上报纸去找孙萍，孙萍不在，随后他想起孙萍同自己打了招呼，说是回地区领工资去。 孔太平让小赵将这张报纸剪下来，贴到会议室里的荣誉栏上去。 小赵只将报纸剪下来，但没有上楼去贴。 小赵说，办公室剩下的最后一点糨糊刚才已彻底用完了，赵镇长已吩咐，这一段一切办公用品都不许买，一分一厘钱都要用来发干部职工工资。 孔太平将自己房间的钥匙扔给小赵，让他开了门去拿自己用剩下的半瓶糨糊。 小赵没作声，拿上钥匙赶紧去了。孔太平忽然觉得自己这么待小赵一点意思也没有，他打定主意索性回避个彻彻底底，下午干脆去养殖场看看，再顺便看看舅舅，处理一下舅舅往棉花上打农药的问题。

　　养殖场占地有一百多亩，大小几十个水泥池子里放养的差不多全是甲鱼。 从前这儿规模很小，只能从别人那里买来甲鱼苗自然喂养，两三年才能长到半斤以上，所以养殖场总在亏本。 洪塔山来了以后，第一年就建起甲鱼过冬暖房，不让甲鱼冬眠，一只甲鱼苗一年时间就能长到一斤多。 养殖场也有了丰厚的利润，接下来洪塔山就动手扩大养殖场规模，并创出了西河镇养殖有限公司这块响当当的牌子。

　　孔太平悄悄走近养殖场新搞成的甲鱼繁殖池，只见成千上万只甲鱼苗像一朵朵印花一样趴在池边的沙地上，那种娇小玲珑的样子实在有几分可爱，孔太平想着田毛毛给这些小

2004 年在四川江油采风

2007 年元月在九寨沟一所小学前

获第八届茅盾文学奖

在暨南大学参加"对话
文学与人生"的讲座

长江第一湾上的石鼓水文站

南水北调终点

与女儿在珠峰大本营,曾为女儿写《女儿是父亲前世栽下的玫瑰》

家伙取名"迷你王八",忍不住轻轻地笑起来。 某一时刻里,他不经意地咳了一声,只见先是近处的"迷你王八"纷纷逃入水中,接着是远处和更远处,默默的骚动过后,印花般的小家伙都不见了,池边只有一带银色的沙滩。

孔太平绕着养殖场围墙墙根慢慢走着,好像是前年,他在年终总结大会上讲过,养殖场是自己的心头肉,他在位一天就绝不许别人到养殖场里胡来,他规定镇里的干部进养殖场必须有镇委和政府办公室出具的通行许可证。 这个规定开始执行得很好,后来同赵卫东的磨擦出现以后,他也不愿执行得太认真了,以免矛盾扩大化。 正走着,围墙转了一个九十度的急弯,跟着又闻到一股农药味。 他紧走几步登上围墙角上的瞭望塔,就在眼皮下面,养殖场围墙呈现出一个"凹"字形,在凹字的凹处是一块长势极好的棉花田,一个老人正背着喷雾器在棉花丛中喷洒着农药。

孔太平叫了声,舅舅!

老人抬头望了望塔棚,又一声不吭地低下头去继续做自己的事。

孔太平又叫了声,舅舅,我是太平!

老人这次连头也没有抬。 孔太平知道叫也无益,他走下塔棚,来到养殖场办公室,正好碰见田毛毛在同洪塔山说着什么,孔太平有些不高兴,就问洪塔山怎么带头违反规定,随便放人进来。 洪塔山分辩说田毛毛是养殖场的客户,田毛毛也说自己在同洪塔山谈一笔生意。 孔太平不准他们之间再搞什么交易了，"迷你王八"的事只能到此为止。 田毛毛说她也不想再做这"迷你王八"的生意了，她现在同洪塔山谈判的是有偿租借土地的问题。 孔太平马上想到那块凸进养殖场的充满农药味的棉花地，一时竟不知说什么好。

洪塔山说，希望孔书记能支持这项交易，棉花地的问题不解决，万一被客户发现，有可能危及整个养殖场的生存。

田毛毛说，那块凸进来的棉花地正好占整块棉花地的三分之一。

孔太平沉吟了半天才说，这事操作起来一定要慎重，毛毛她父亲人虽好，但涉及他的土地，恐怕是不会让步的。

田毛毛说，我才不怕他，那地本来就有我一份。

孔太平瞪了她一眼说，你难道不了解土地是你父亲的命根子！

田毛毛说，我就不信他把土地看得比我还重要。

孔太平说，冒这个险我们可要慎重，我看还是将围墙加高几米。

洪塔山说，这个也行不通，田细伯连现在的围墙都要推倒，说是挡了他家棉花地的光和风。

田毛毛说一切都包在她身上。 她走后，孔太平思绪纷乱，心里有一种异样的感觉。 洪塔山以为是屋里太热了，就要引他到客房里去，打开空调凉爽一下，孔太平拒绝了，他婉转地告诉洪塔山，镇里有人在打他的主意，想方设法要从养殖场挖走一坨油，而自己从明天开始休假，镇里又等着钱发工资，没人撑腰时希望他能巧妙对付。 洪塔山心领神会地说他也只有来个三十六计走为高，出去躲他一阵再回来。 孔太平没有说这样做妥不妥，只说没事时，洪塔山可以到县城他家里坐一坐，接下来孔太平问起那几个客户的情况，洪塔山回答说那个姓马的昨晚还给他打了个电话，并且还让转告对孔书记的问候。 孔太平知道他这是卖乖，却不戳穿他。依然接着客户的话题问洪塔山对那些人的做法怎么看。 洪塔山狡黠地回答，他没有看法。 孔太平本想提醒他一下，让他各方面都收敛一点，特别要注意别撞在公安局那伙人的枪口上，见洪塔山有意不正面回答，自己也就不想说了。 隔了一阵，他还是放心不下，就换了一个方式，他告诉洪塔山，自己有意让他当上县人大代表，最少也要争取当政协委员，关键是这段时间里不要自己往自己脸上抹黑抹屎。 若是又脏又臭，那他就无法提名他当候选人。 洪塔山赶紧表态说一定要管好自己。

孔太平又叮嘱了一些话，便起身往外走。 洪塔山将他送到养殖场大门口后，人已转了身，又回头对孔太平说，镇里的司机小许，似乎有些同他的司机过不去，总是将吉普车拦在路当中，不让他们的桑塔纳舒舒服服地走。 洪塔山说开始他那司机同他说时他还不大相信，但是前天傍晚，他坐在车上时正好遇上了。 小许的车故意在旁边慢慢地挤他们，弄得桑塔纳差一点掉到路旁的小河里去了。 孔太平知道这事十有八九是真的，他还是说回去后问一问小许，看看到底是他的车出了毛病还是人出了毛病，再作处理。

田毛毛家在宋家堰村的边上。 田毛毛知道孔太平要来家里，早就在门口守候着。 他进屋时，舅舅正在后门外用水冲洗着脑袋，屋里有一股农药味。 孔太平开玩笑说是田毛毛身上化妆品的香气。 舅妈泡了一杯茶端上来，田毛毛要孔太平别喝这烫人的茶，自己进房拿了一杯凉茶给他。 孔太平笑一笑，放下凉茶，拿起热茶呷了一口。 田毛毛不高兴，说他也守着老规矩，一点开拓思想也没有，这么热的天，放着凉茶不喝，而去喝热茶，真是自找苦吃。 舅舅走过来，找了张凳子坐下，然后从口袋里摸出一根没有过滤嘴的香烟，自顾自地抽起来。

屋子里忽然安静下来。 孔太平赶紧主动开口问，棉花长势很好吧！ 舅舅磕了一下烟灰说，不怎么样。 孔太平说，能这样已经够不错了。 舅舅不高兴地说，你不要一当干部就忘了本，同前几年比起来，这棉花要逊好几分，连我自己都不敢看，看了觉得自己可耻。 他突然抬起头来，望着孔太平说，大外甥，你能不能让洪塔山将那些白水池子都拆了？ 孔太平说，为什么呢，全镇上的人都指望靠它发家致富。 舅舅说，你这话不对，我就不指望它。 舅妈插嘴说，你别以为自己是个国王，什么事都要以你的意志为转移。 舅舅不作声了，低头吸烟的模样让孔太平看了后，心中生出许多感慨来。 他说，舅妈，不要紧，我就是想多听听舅舅的想法。舅舅将一支烟抽完后，站起来，拿上一把锄头，帽子也没戴便往门外走。 舅妈说，太阳这么毒，你光着头去哪儿？ 她没有等到回答。 孔太平说，我同舅舅一起出去走走。

屋外热浪逼人，太阳照在地上反射出许多弯弯扭扭的光线，像是正在燃烧的火苗。 舅舅在前面缓缓地走着。 一只狗趴在屋檐下懒洋洋地看了他们一眼，连叫也不愿叫一声。 几头牛在一片小树林里无力地垂着头，偶尔用尾巴抽打一下身上的虻虫，发出一声响，却不惊人。 炎夏的午后乡村，比半夜还安静，半夜里可以听见星星在微风中唱歌，可以听见悠远的历史，在用动人和吓人的两种语调，交叉着或者混杂着讲述着一代代人的过去故事。 骄阳之下，淳厚的乡土只能在沉默中进行积蓄。 孔太平跟着舅舅走过一垄垄庄稼时，心里都是一种无语的状态，两个人终于来到了棉花地前。

舅舅问，你怕农药吗？

孔太平说，不怕！

棉花叶子被太阳晒蔫了，白的花朵和红的花朵也都变得软绵绵的，垂着花瓣，颇像女孩子那丝绸裙子的裙边。

孔太平问，这地能产多少棉花？

舅舅说，从来没有少过两百斤。

孔太平心里一算账，也就两千几百元收入，他正要说种棉花比养甲鱼收入低得太多了，舅舅指着养殖场的围墙说，你的爱将洪塔山，将这么大一片良田熟地全毁了，也将这儿的好男好女给毁了。 过去村里一个二流子也没有，现在遍地都是游手好闲的人，等着天上掉面粉、下牛奶。 他还想要我这块田，没门。

孔太平说，有些人只是分工不同而已。

舅舅说，吃喝玩乐也是分工？ 我不大出门，可心里明白，这围墙里进进出出的都是一些什么样的角色！ 大外甥，别看洪塔山现在给你赚了很多钱，可你的江山将会被他毁掉。

孔太平说，我哪来什么江山。

舅舅说，你还记得小时候在大河里乘凉时，半夜里有人喊狼来了的情形吗？

孔太平说，记得，可我不知道那人是谁。

舅舅说，还有谁，远在天边近在眼前，就是洪塔山。 洪塔山自己成了狼。

孔太平怎么想也觉得不像。

舅舅说，人是从小看大，小时候大人都说洪塔山不是块正经材料。

孔太平说，大人们说过我吗？

舅舅说，说过，说你能当个好官，可就是路途多灾多难。

孔太平轻轻一笑。 这时，从旁边的稻田里爬出来一只大甲鱼。 舅舅上前一脚将其踩住，然后用手捉住，看也不看一挥臂就扔到围墙那边去了。 跟着一声水响传了过来。

孔太平说，这儿经常有甲鱼？

舅舅说，这畜生厉害，那么高的围墙，它也能爬过来。

叫它王八可真没错，过去除非病急了，医生要用王八做药，人才吃它，不然会遭到大家耻笑的。没料到世事颠倒得这么快，王八上了正席，养的人当它是宝贝，吃的人也当它是宝贝。

孔太平说，事物总是在变化。

舅舅拍拍胸脯说，这儿不能变。

这时，围墙瞭望塔上出现一个人，大声问谁往水池里扔东西了。舅舅没有好气地说，是我，我往水池里扔了一瓶农药。孔太平听了忙解释说是一只甲鱼跑出来，被发现后扔了回去。那个人认出孔太平，客气地招呼两句又隐到围墙后面去了。舅舅说这围墙里的那些家伙，总将周围村子里的人当贼，其实他们自己是强盗，将最好的土地强买强要去了。舅舅自豪地声称，他们那套在自己身上是行不通的。

孔太平还在想着那个喊狼来了的少年，他突然意识到一个问题，怎么现在没人喊狼来了呢？

舅舅在自家田地里摸索了一下午，孔太平不能从头到尾地陪他，他在四点半左右就离开了，太阳太厉害了也是其中原因之一。孔太平在舅舅家等了四十多分钟，为的是等出门到朋友那里借一本有关美容化妆的杂志的田毛毛，舅妈不在场时，他郑重地提醒田毛毛，如果她执意将棉花地的三分之一转给洪塔山，很有可能会亲手毁掉自己的父亲。

天黑后，小许开车送他回县城休假。一出镇子，那辆桑塔纳就从背后追上来，鸣着喇叭想超车，小许占住道死也不让。 孔太平只当不知道，仿佛在一心一意地听着录音机放出来的歌声。 压了二十来分钟，桑塔纳干脆停下不走了。 小许骂了一句脏话，一加油门，开着车飞驰起来。 这时，孔太平才问小许为什么同养殖场的司机过不去。 小许振振有词地说他这是替镇领导打江山树威信。 孔太平要他还是小心点为好，开着车不比空手走路，一赌气就容易出问题。 他心里却认同小许这么做，有些人不经常敲一敲压一压，他就不知道自己是几斤几两，腰里别一只猪尿泡就以为可以几步登天了。 车进县城以后，小许主动说，只要不忙他可以隔天来县城看看，顺便汇报一下别人不会汇报的事，孔太平不置可否，叫他自己看着办。

孔太平进屋后，妻子、儿子自然免不了一番惊喜。 随后，一家三口早早开着空调睡了。 儿子想同孔太平说话，却被他妈妈哄着闭上了眼睛。 儿子睡着以后，孔太平才同妻子抱作一团，美滋滋地亲热了半个钟头。 事情过后，孔太平仰在床上做了一个大字，任凭妻子用湿毛巾在他身上揩呀擦的。 接着妻子将半边身子压在他身上，说起自己在西河镇发生了泥石流后，心里不知有多担心，她说她的一个同学的爸爸，当年到云南去支边，遇上了泥石流。 同行的五台汽车，有四台被泥石流碾得粉碎，车上的一百多人都死了，连一具尸体也没找到。 孔太平听说妻子每天都打电话到镇委办公室去问，同时又不让小赵告诉他，心里一时感动起来，两只手不停地在她身上抚摸起来，心里又有些冲动的意思。 不料妻子话题一转，忽然问起镇里是不是有一个从地区下来的年轻姑娘。孔太平就烦她像个克格勃一样，想将自己的什么事都查清楚。他一推妻子说自己累了，想睡觉，一翻身，不一会儿就真的睡着了。

孔太平一觉睡到第二天上午九点钟才醒，睁开眼睛时，见妻子正坐在自己身边，他以为自己只迷糊了一阵，听妻子说儿子已上学去了，连忙爬起来拉开窗帘一看，外面果然是红日高照。孔太平自己睡得香，妻子却一直在担心，怕他睡出毛病，连班也不敢上，请了假在屋里守着。他瞅着妻子笑了一阵，忽然一弯腰将她抱到床上，飞快地将她的衣服脱了个干干净净。

恩爱一场，再吃点东西，就到了十一点，孔太平也懒得出门了，索性开了空调坐在屋里信手翻着妻子喜欢看的那堆闲书。吃过中午饭，孔太平又开始睡午觉，他一直睡到下午四点半才爬起来，一个人在屋里说，总在盼睡觉，今天算是过足了瘾。傍晚，孔太平在院子里捅炉子，住楼上的邻居同他搭话。邻居说，从昨晚到今天，他们总感到这屋里有个男人，却又不见露面，还以为是什么不光彩的人来了哩。孔太平的妻子笑嘻嘻地将邻居骂了几句，孔太平则说现在找情人挺时髦，不找的人才不光彩哩。这话别人没听进去，妻子却听进去了，晚饭没吃两口，就撂下筷子坐到沙发上一个人暗自神伤。孔太平一个人喝了两瓶啤酒，趁着儿子在专心看动画片，他对妻子说，如果她总是这么神经过敏，他马上就回镇上去。 这一招很灵，妻子马上找机会笑了一阵，接着又里里外外忙开了。

孔太平看完中央台、省台和县台的新闻节目后，换上皮鞋正要出门到县里几个头头家走一走，电话铃响了。 孔太平以为是镇委会哪一位打来的，一接电话才知道是派出所黄所长。

黄所长说，你托我问的那件事，我已问过，的确是存在的。

孔太平开始没有反应过来，他连问了两声什么后，才记起自己托他问的是洪塔山的事。 他问，具体情况如何？

黄所长说，其他该要的东西都有了，只是还没有立项。

孔太平见黄所长将立案说成是立项，马上意识到他现在说话不方便。 他一问，果然黄所长是在公安局门房给他打电话。 孔太平约黄所长上家里来谈，十几分钟后，黄所长骑着摩托车赶来了。 进屋后，免不了要同孔太平的妻子说笑几句。 孔太平叮嘱妻子不要进屋，他们有要事要谈。

黄所长告诉孔太平，有人联名写信检举洪塔山，借跑业务为名，经常在外面用公款嫖妓，光是在县城里，那几个在公安局挂了号的小姐，都指认洪塔山是她们的老客户。 告状信上时间、地点和人物都写得清清楚楚。 黄所长翻看了全部材料，那上面有的连住旅店宾馆的发票复印件都有。 看样子这几个联名告状的人大有来头，不然的话，得不到这些材料。 孔太平听黄所长说了几个人的名字，他们都是镇上普通的干部职工，因为种种原因同洪塔山发生了冲突，所以一直想将洪塔山整倒。 但是他们不可能有如此大的神通，以至能弄成这么完整的材料，只要一立案，洪塔山必定在劫难逃。孔太平听到黄所长说那住宿发票复印件上，有"同意报销"几个字，很明显是从养殖场账本上弄下来的。 他马上联想到财政所，只有他们的人在搞财务检查时，才可能接触到这些已做好账的发票。 黄所长说，现在唯一的办法是将那些检举信从档案中拿出来毁了。 不过这种事他不能做，他是执法者，万一暴露了，自己吃不消。 他建议这事让地委工作组的孙萍来做，因为她同管理这些检举信的小马是大学里的同班同学。 接着黄所长又帮他分析谁是真正的幕后指使，他断定必是赵卫东无疑。 因为现在几乎每个在生意场上走的人，都有过这种黄色经历，镇上几个小企业的头头，甚至半公开地同妓女往来，可除了家里吵闹之外，从来没有人去揭发他们，主要是他们倒了无人能得到好处。 洪塔山不一样，养殖场实际上在控制着西河镇的经济命脉，谁得到它谁就可以获得政治上的主动。 孔太平觉得黄所长言之有理，赵卫东管财政而不能插手养殖场，权力就减去了一半。 按照赵卫东的性格，他是不会轻易罢休的，而且这种作派也的确像是他惯用的手法。

　　说着话，黄所长长叹了一声，有些档案我也不能看，听管档案的同事说，洪塔山那点事，与其他被检举的企业家相比，还可以评上先进模范。 那些案子都被封存了，领导发了话，公安局若将所有被检举的经理厂长都抓起来，那自己就得关上门到街上去摆摊糊口。

孔太平问，你刚才说那些厂长经理的案子都被封起来了？ 黄所长说，话是这么说，但总得来他几下敲山震虎，同时也可以缓一缓老百姓心中的怨气。 孔太平说，这就对了，谁撞在枪口上谁就算倒霉。 是不是？ 黄所长点点头。 他起身告辞时，一连看了几眼那嗡嗡作响的空调，并说，这东西真比妻子还让人觉得亲热。 两人笑起来，站在门口握了握手。 孔太平一进屋就见妻子在那里抹眼泪，一问才知道妻子以为他犯了什么法，才约黄所长来密谈的。 妻子说他若是犯的经济案，她可以帮他退赔，银行待遇不错，她偷偷存了近八万块钱。 若是男女作风问题，她可是要离婚的。 孔太平安慰了她一番，她还不相信。 惹得孔太平生气了，他说，夫妻几年，难道你还不了解我的为人。 经济上家里沾没沾别人的光你应该最清楚，作风上怎么说你也不信，我发个誓，若是在外有别的女人，那东西进去多少烂多少。 妻子一下子破涕为笑，还嗔怪他一张臭嘴只会损自己。

孔太平给洪塔山打电话，洪塔山不在家。 孔太平告诉他妻子，明天一早将桑塔纳派到县城来，并让司机带足差旅费，他要到地区去一趟，同时他要求对自己的行踪严格保密。

打完电话，孔太平出门转了一圈，得到不少消息。 最主要的有两点，一是县里已正式将自己同东河镇的段书记一起列为下一届县委班子的候选人，可实际空缺只有一个，因此竞争会很激烈。 二是赵卫东今天在县财政局活动了一整天，最后搞到一笔五万元的财政周转金，拿回镇里去发工资。 这两点都让他心绪难宁。 首先镇里拿了县里的周转金，这是用于生产的，既要计算资金利用率，又要按时偿还，用它来发工资实际上是寅吃卯粮，现在不饿肚皮将来饿得更狠。 可是别人不管这个，他们只管十五号来领钱，担心着急都是他一个人的事。 其次是那没有把握的候选人资格，他很明白在人缘关系上自己远不如东河镇的段书记，段书记非常精明，在省地组织部门都有比较铁的关系户。 回屋后，他第一句话就问镇上是否有电话来，听说没有，他的心里很不踏实，几次手都摸着了电话话筒又缩了回来。 不仅是镇里，就是洪塔山也不见回电话。 他第一次觉得有些心虚，同时他又不相信赵卫东一天之内就能扭转乾坤。

孔太平很晚没睡着，很早就醒来。 正在刷牙，外面汽车喇叭响了两下。 他以为是桑塔纳到了，开门一看却是小许的吉普。 小许问他有事要他办没有，孔太平想了想说暂时没有。 他本来要小许吃完早饭以后再来看看，他担心养殖场的桑塔纳不会准时来或者根本不来，一转念又决定如果洪塔山胆敢这么快就翻脸不认人，他就让其尝尝监狱的滋味。 孔太平要小许这几天在镇里守着点，赵卫东要车也别老不给他面子，小许应声走了。 小许走后不一会儿，桑塔纳真的来了。

一上车，司机就告诉他钱带得很足，并说是洪塔山亲口说的数字。 孔太平问洪塔山昨晚干什么去了，司机说洪塔山找赵镇长有事。 孔太平一下子来了火，但忍着问那是为什么事。 司机说不知道，他随手拿出一只大哥大，说是洪塔山让他带给孔书记的，机器已办了全国漫游，走到哪儿都可以打电话。 孔太平拿过大哥大，反复把玩一阵，心情渐渐好起来。 车出了县城，他问司机来时碰见小许的车没有，司机说碰见了，但他不愿惹小许，远远地拐进一条小巷，绕道而行。 孔太平说他们都是小心眼。

桑塔纳跑得很快，半路上，孔太平给地区团委办公室打了个电话，孙萍不在。 他说了自己的身份后，请团委办公室的人通知一下孙萍让她在办公室等候，他有急事。 十点钟不到，车子就驶进了地委大院。 孔太平是第一次越级来到上级首脑机关，一进那气势很压人的办公大楼时，腿竟有些发飘，他在找到团委办公室之前，先看到组织部办公室，一溜七八间屋坐着的全是一些二十郎当岁的年轻人，他一想到多少基层干部的前途都由这样一些涉世不深的大孩子来掌握，心里不由得感到几分可悲。

孙萍不在办公室，这让孔太平感到有些束手无策。 本来可以马上回到车上，但他在楼里多待了一会儿才出来。 司机不知道他这段时间几乎都蹲在卫生间里，他对司机说组织部一个部长约他下午再来，现在他们先去找个地方住下。

地委办的宾馆就在地委大院旁边，登记了一个双人间后，孔太平说自己去看一个朋友，如果十二点没回来，那就是有事缠住，司机可以自便。 其实，孔太平是去找孙萍的住处，找了好久总算找着了，门口晾着孔太平看熟了的衣服，却不见人。 他给孙萍留了个字条，让孙萍回来以后到宾馆来找他。 这时，十二点钟快到了，孔太平上街找了一处小饭馆要了一碗肉丝面和一瓶啤酒，三下两下就吃下去，他不想这么快就回去，街上太热没法待，他干脆花五元钱买了一张票，进到一家门口写有冷气开放的镭射影厅看起电影来。 他没想到自己碰上了一部三级片，尽管很刺激，但他一直忐忑不安生怕万一被人认出回去不好交差。 熬到散场时，他赶紧抢在头里第一个离开。 出了门，他并没有直接回去，而是朝与宾馆相反的方向走了几站路。 然后站在街边给宾馆打电话，说是几个朋友将他灌醉了，要司机到他说的地方来接他。 司机开着车来后，他一头歪进后座，做出一副醉酒的模样躺倒在座椅上。 回到宾馆，他趴在床上，吩咐司机四点钟喊醒他。 司机果然在三点五十分叫喊起来，孔太平翻身起床，忙不迭地梳理一番，然后仅从提包里拿出一只小文件包，夹在腋下，匆匆出了门。

孙萍依然没去办公室，住处门上的字条也原封未动地粘在那儿。

孔太平从没遇到过这样的冷待，心里难受极了。 刚巧这时他看见东河镇的段书记从一辆车子里下来，拎着一只大包，朝比孙萍的住房好许多的那片小楼走去。 孔太平躲在密密的灌木篱墙后面，足足等了半个小时，才看见老段空着手从那小楼群方向走回来，孔太平怔了好久，他慢慢地走着，觉得自己挺悲哀，费尽心机玩些小花样，目的只是骗司机，不想让司机小瞧自己，说自己没门路，来地区后鬼都不理。人家姓段的玩得多潇洒，大明大白，昂首挺胸，谁也不怕。走出宿舍区，孔太平又碰见老段的车停在办公楼旁。他等了几分钟，便看见一群人拥着老段从办公楼走出来，亲亲热热地送老段上车，老段与他们握手都握了两三遍，那些人一个个都在留他住一晚上，老段说他只有一天时间，时间长了，家里说不定会闹政变。老段走后，孔太平垂头丧气地回到宾馆。司机问他怎么了，他一惊后醒悟过来忙说是中午的酒还没醒。为了表示喜悦，他打开电视机的音乐频道，随着那些歌星唱起歌来。

晚饭他们是一起吃的。司机说孔太平有喜事临门，应该要个包房，自己庆祝一下。孔太平不肯，就在宾馆买了两张普通进餐票，进了普通餐厅。菜饭刚上来，门口忽地拥进四个姑娘，打头的正是孙萍。孔太平激动地叫起来，孙萍一看也有些惊喜。两人说了几句闲话。孙萍说她手上有些多余的会议餐票，今天没事就约了几个朋友来这儿吃饭。孔太平一时高兴，就说今天我请客，找个包房好好聚一聚。孙萍她们也不谦让，很熟悉地挑了一间叫梅苑的包房。大家边吃边唱，孔太平不会唱卡拉OK，在一旁专门听。那司机却唱得很好，转眼间就同每个姑娘联手来了一曲对唱。孔太平瞅空问孙萍忙不忙，想不想就他的车去西河镇。孙萍说，要走她只能在后天走，孔太平连忙答应他可以等她一天。

孔太平不敢直截了当地请孙萍出马，他怕孙萍一口拒绝，准备到了县里以后再跟她挑明。

这顿饭花了一千多块钱，孔太平心情好，也不怎么心疼钱了。他原以为孙萍晚上要好好陪陪自己，哪知孙萍吃了饭就要走，一点也不像在镇上时那种总想往自己身边靠的样子。好在孔太平不大计较这点，他们约好明天晚上在宾馆房间里碰一下头，确定后天出发的时间。

第二天，孔太平让司机整天自由支配，走亲戚会朋友都可以，只要晚上早点回来睡觉就行。他说自己要写一个报告，是地委组织部要的，今天必须交给他们。司机走后，他一个人关在房间哪儿也没有去，看了一整天电视，闲得无聊时，他用那只大哥大给家里打电话，同妻子、儿子聊天。他一个人也懒得去外面吃饭，就在宾馆小卖部里买了些方便面、火腿肠和啤酒等，在房间里对付了两餐。晚上八点钟司机才回来，又过了半个小时，孙萍来了，大家说好明天吃过早饭就出发。孙萍坐了不到二十分钟就要走。她走后，司机有些不满意，说孙萍在下面工作组时，乖得像个小媳妇，一回到上面就变成了冷眼看人的阔太太。孔太平替孙萍解释，说她本来有些安排，譬如请他们去跳舞、逛街，都被他推辞掉了，他说乡下干部不能学上这些东西，学上了就更不安心在基层为普通百姓做实事。前面那些话是他现编的，后面的却是真心话。

　　孙萍一到县城便又变回来了，一举一动都乖巧可人。孔太平安排她在县政府招待所住下，她一进房间，脸也没洗就说自己忘了一件事，她本来应该带孔太平到组织部去见见那个当干部科长的熟人的，哪知一忙人就糊涂了。孔太平心知是怎么回事，但他不便计较，一边说这事来日方长，一边将这次去地区的真实目的告诉了孙萍。孙萍想了一会儿说自己先洗个脸。她在卫生间足足待了二十分钟才出来，也许是化过妆，那笑容显得更加动人。

　　孙萍笑眯眯地说，孔书记千万别以为我是在谈交换条件，其实我早就有在基层入党的愿望和要求，只是怕自己条件不够才一直没有向你表露出来。

　　孔太平沉吟了一阵说，派下来当工作组的同志，能不能在下面入党，这事还没有过先例，可能得研究一下。

　　孙萍说，说真心话，如果是别人，孔书记开了口，我不会有二话。可是对洪塔山我实在不想帮他。有件事我一直没有向你汇报，今年年初时，你派我同养殖场的几个人一起到南方出差，一路上洪塔山就反复说这次要我当他们的公关小姐，并说只要生意做好了，他给我从头到脚都按现代化标准进行包装。我开始以为他只是说说笑笑，谁知一到深圳他就当了真，深更半夜要我同他的一个客户到游泳池去游泳，气得我差一点当着客户的面甩他一耳光。当时我的确是为镇里的利益着想，只是推说身体不适例假来了，委婉地回绝了他。我后来越想越气，无论怎样，我是地委派下来帮忙工作的干部，洪塔山怎么可以如此狗眼看人低哩。

孔太平记得自己似乎隐约听洪塔山说过，孙萍差一点当了他的公关小姐，他当时没有追问，现在也顾不上了。他说，无论怎样，小孙你得从我们西河镇大局去看，洪塔山是有不少坏毛病，可现在是经济效益决定一切，养殖场离了他就玩不转，同样镇里离开了养殖场也就运转不灵。说实话，这事到现在我还瞒着洪塔山，将来我也不想让他知道，免得他认为现在的党委政府都是围着他转，离了他就不行，因此变得更加有恃无恐。从这个道理上讲，你不是帮他，而是在帮我，稍作点夸张说，是在帮助西河镇的全体干部和人民。

孙萍说，我也说点心里话，尽管现在许多人把入党看得很淡，可在地委机关不入党就矮人一头，提职评奖都轮不上，可是机关里年轻人多，等排队轮上你时，人都快老了，那时再进档，当个科长、副科长有什么意思。所以下来帮忙工作的人都想在回去之前能在基层将党入了。不然，基层又苦又累，谁愿意下来。

孔太平突然意识到，自己前天在地委大楼见到组织部那帮年轻人时产生的一种蔑视意识是完全错了，连孙萍这样的女孩都有如此成熟老到的政治远见，那些人想必会更厉害。

孙萍继续说，这事也不是没有先例，同我一同下到邻县的那些年轻人中，已有三个人火线入党了。

孔太平咬咬牙，终于答应了孙萍，但他提出孙萍自己必须拿出一两件说得过去的事迹。孙萍脱口说出可以用自己在抢救泥石流造成的灾害活动中的表现做理由。 孔太平差一点被这话镇住了，他实在佩服孙萍敢于说这种话的勇气。 孙萍说她在救灾现场被碎玻璃割破脚掌，那件刚买的新裙子也被树刺拉破了。 不管怎样，救灾过程中有她，这是一个不错的理由。

找公安局的小马是孙萍一个人去的，孔太平从司机那里拿了一千块钱给她做活动经费，孙萍没有要，她说小马不是那种可以用金钱收买的人，小马一向只看重一个情字，亲情、友情、爱情和真情，四者皆能降服他。 趁孙萍去公安局时，孔太平回家去了一趟。

家里一个人也没有，屋子里有几分零乱，这同妻子一贯爱整洁的习惯有些相悖。 他便猜测是不是出了什么要紧的事，才让她变得手忙脚乱连屋子也顾不上收拾。 他进到里屋，果然看见桌头柜上放着一张字条。 妻子写道：你舅舅被恶狗咬伤，住在镇医院里，我去看看，下午赶回来。 孔太平有些吃惊，他隐约感到那恶狗可能就是养殖场养的那些大狼狗。

孔太平努力让自己镇静下来。 然后拨镇上自己房里的电话号码，电话没人接。 他又给黄所长打电话。 他想既是恶狗伤人，派出所一定会知道原因的。 果然，黄所长告诉他，的确是洪塔山养的大狼狗咬伤了田细伯，起因是为了那块棉花地的归属问题。 具体细节还没搞清楚，但赵卫东已叫人将洪塔山扭送到派出所，收押在案了。 黄所长说，他已看出一些端倪，这个事件的幕后人物是赵卫东，因为他听见田细伯骂出的那些难听的话语中，提到洪塔山勾结买通赵卫东想强行夺走他的土地。

孔太平刚同黄所长通完电话，孙萍就将电话打进来，要孔太平赶紧回招待所。孔太平锁上家门回到招待所，孙萍见他劈头盖脸就是一句：士别三日，真是刮目相看。孙萍说小马曾经是那么单纯的一个小伙子，过去还每星期写一首诗，可现在开口要钱连结巴也不打一个，舌头打一个翻就要五百。孔太平将孙萍方才没有要的一千块钱都了她。孙萍只要一半，孔太平让她拿着备用。他有一种预感，孙萍再去时小马可能要加码。果然，孙萍再次回来，进门就很文雅地骂了一句小马，说他一日三变，刚说好五百，回头又要翻一番。孙萍说小马又新提出洪塔山刚在西河镇犯了案，所以这检举信就更加重要了。孔太平相信孙萍没有从中侵吞，因为洪塔山刚刚犯案的事是不可能瞎编的。花了钱将心病去掉，怎么说也是值得的。孙萍告诉他，那些有关洪塔山的检举信及材料，小马都当着面烧毁了。小马问是谁请她出马的，孙萍没有告诉他真相，而说是洪塔山自己请的她。

孔太平无心陪孙萍，正好孙萍说她已有安排，不用任何人陪，县里有她三个同学，他们要聚一聚。回到屋里，孔太平一直盼着电话铃响，他急于了解舅舅被咬伤的情况，却又不想丢身份打电话到镇委会去问，因为这样的事，下面的人总是应该主动及时地向自己汇报的。等到下午三点半，镇里还无人打电话给他，倒是小许敲门进来了。 小许一坐下就告诉他恶狗咬人的事情。

原来洪塔山这几天一直瞒着孔太平在同田毛毛办那棉花地转让手续。 因为土地所有权在国家和集体，这事必须通过村里，村里知道田细伯视土地如生命怕闹出事，就推到镇上。 那天晚上孔太平打电话找不着洪塔山时，洪塔山正在同赵卫东谈这棉花地的事。 赵卫东一反常态，不仅支持而且非常积极，第二天就亲自到养殖场去敲定这事，村里的干部也来了，但村干部当中不知是谁偷偷向田细伯透露消息，田毛毛回家偷土地使用证时，被田细伯当场捉住，狠狠打了一顿，并搜出一份转让合同书来。 田细伯拿上这合同书闯了几次养殖场的大门都被门卫拦住了。 天黑以后，洪塔山牵着一只大狼狗在镇上散步时，被田细伯看见，他扑上去找洪塔山拼命。 洪塔山挨了田细伯两拳头，但洪塔山牵着的那只大狼狗，只一口就将田细伯手臂上的肉撕下来一大块。 事发之后，赵卫东翻脸不认人，指挥一些围观的人将狼狗当场打死，并将死狗和洪塔山一起送到派出所关起来了。 另一方面，赵卫东又派小赵代理养殖场经理职务，同时还让田毛毛协助小赵管理养殖场。 在土地转让合同书中本来就有这一条，由田毛毛出任养殖场办公室主任。

小许说的这些情况，完全出乎孔太平的意料，洪塔山瞒着他搞的这些更让他气愤。 田毛毛一直想进养殖，但他从内心里不愿这个表妹同洪塔山一起工作，所以他一直没有同意。 他这才明白田毛毛那天说自己马上就有一个让他意料不到的工作，实际上就是指的这。 他特别想不通的是赵卫东这么安排田毛毛是出于什么目的。 让一个十八岁的女孩去管理养殖场，哪怕只是协助也会让大家不相信赵卫东作为镇长的决策能力。

小许走后，孔太平决定给镇里打个电话，他要让那些人重新体会一下自己。 他拨通镇里电话后，只对接电话的小赵说如果看到他妻子就让她马上回家来。 说完这话他就将电话挂了，他很清楚妻子这时肯定已在回县城的末班车上。 他知道小赵马上就会将电话打过来。 果然，一分钟不到，电话铃就响了。 他拿起话筒听见小赵在那边问是孔书记吗。 他将话筒放在一边，随手用遥控器将电视机打开。 小赵不停地问是孔书记吗，他不回话也不压上话筒，他要等足十分钟，连一秒钟也不肯少。 十分钟后，他用一个指头敲了一下压簧，话筒里立即传出一串嘟嘟声来。

天黑之前，妻子回来了。 她说的情况同小许说的差不多，另外还说舅舅同田毛毛断绝了父女关系。 他估计小赵他们晚上可能要赶过来，便故意出去不见他们。 他对妻子说，自己在十点半左右回来，小赵来了先不用催他们，等过了十点钟再找个理由让他们走。 妻子心领神会地说，她到时就说孔太平事先打了招呼，若是十点钟没回就不会回来。

孔太平在第一个要去的人家坐了一阵后，出来时一眼看见孙萍同一个穿警服的小伙子在街边的行道树下慢慢地散步，不时有一些比较亲密的小动作与小表情。 孔太平不声不响地观察了一阵，他忽然觉得如果孙萍旁边的小伙子就是小马，那他是绝对不会开口朝孙萍索贿，破坏自己在一个漂亮女孩心目中的形象的。 孔太平自己也不愿想下去，他同样不愿一个漂亮女孩的形象在自己心目中被破坏。

小赵他们果然来了。 孔太平没有估计到的是，同行者中还有赵卫东。 他甚至有点后悔，自己的这些小伎俩有些过分了。 妻子对他说，赵卫东在屋里坐的时间虽然不长，却用了四次向孔书记汇报工作这类词语。 按惯例，镇长是不能用这种词语的，赵卫东破例这一用，竟让孔太平生出几分感动。躺在床上，他默默想了一阵，觉得自己还是提前结束休假为好，赵卫东没有明说，但他这行动本身就清楚表示了那层意思。 他开口同妻子说了以后，妻子开始坚决不同意。 他细心地解释了半天，妻子终于伸出手在他身上抚摸起来。 见她默认了，他也迎合着将手放到她的胸脯上。

孔太平和孙萍坐着桑塔纳一进院子，小赵就迎上来，第一句话就是检讨。 随后便是赵卫东将这几天的情况向他作了汇报。 孔太平什么也没说，只是听着。 直到听完了，他才说了一句话。 他说，暂时就按赵镇长的意思办吧。 这话明显是专指养殖场的情况。 随后，他布置小赵，通知镇里有关领导和单位，开展一次抗灾救灾的评比表彰活动。

孔太平先到医院看望舅舅。 舅舅将他臭骂一顿，一口咬定这些是他策划的，然后借故走开，让别人来整他。 孔太平不便在人多口杂的地方多作解释，站在床前任舅舅骂。 骂到后来，舅舅自己不好意思起来，他见许多人都挤在门口围观，又骂孔太平真是个苕东西，这么骂都不争辩，哪里像个当书记的，这么不顾自己的威信。 孔太平非要等舅舅骂完了再走，舅舅没办法，只好闭上嘴。

办了一圈事后，孔太平才去派出所。 刚进门就看见田毛毛正在缠黄所长，要黄所长放洪塔山一个小时的风，她有要紧的业务上的事要问洪塔山。 黄所长不肯答应。 孔太平没有理睬田毛毛，只对黄所长说，自己要同他单独谈点工作。他说话时甚至看也不看田毛毛一眼。 黄所长请田毛毛回避一下。 气得她跺着脚说，当个书记有什么了不起，不就是个土皇帝吗，别人怕，我连做梦时也不会怕。

田毛毛一走，黄所长就开口问孔太平事情办得怎么样了。 孔太平将经过简单说了一遍。 最后才说到一千块钱的事，他还没说完，黄所长连忙直摆手，说这个我不听，我什么也不知道。 孔太平明白黄所长的意思，他情不自禁地叹了口气。

黄所长问他想不想见洪塔山。 孔太平先没答复，反问这事会是什么结果。 黄所长说照道理也就是罚罚款了事，但他觉得这种人得到机会应该关他几天，让他以后能分出好歹人来。 这话在孔太平心中产生了一些共鸣。 黄所长又问他，洪塔山随身带的大哥大要不要拿下来。 自从洪塔山进来以后，他就一直用大哥大朝外联系。 黄所长因担心将那大哥大拿下来后会影响养殖场的业务，就没敢下决心，但他一直怀疑洪塔山在用大哥大调动客户来向镇里施加压力。 田毛毛这么急着要见洪塔山一定也与此有关。 孔太平马上给小赵打了个电话，问他养殖场现在的情况。 小赵说洪塔山被关起来后，有四家客户打来电话，说是从前的合同有问题，要洪塔山在三天之内赶到他们那儿重新谈判，不然就取消合同。 小赵随口漏了一句说是赵镇长为这事挺着急。 孔太平一下子想到赵卫东是感到不好收场才请他回来收拾局面的。 他放下电话后，同黄所长合计了一阵，黄所长断定这是洪塔山做的笼子，目的是逼镇领导出面做工作放他出去。 孔太平当即叫黄所长收了洪塔山的大哥大，同时又叫小赵安排人将养殖场电话机暂时拆了，免得外面有人将电话打进来。 他要黄所长对洪塔山宣布行政拘留十天，到了第五天，再由他出面担保，放洪塔山出去。

黄所长很快办好了与此有关的一些手续，然后一个人去通知洪塔山。 回来时，他手上多了一只大哥大。 黄所长说，他将裁决书一宣布，洪塔山竟跳起来，那模样实在太猖狂。 洪塔山口口声声说这是政治迫害，他要求见孔书记。

孔太平硬是坐着等了一个小时，才让黄所长将洪塔山带上来。 洪塔山见了他情绪很激动，说这是赵卫东设的圈套，原因是自己不该同孔太平走得太近。 洪塔山嚷得正起劲，孔太平忽然一拍桌子，厉声说，你这是狗屁胡说，你哪儿同我走得近，我叫你别打那棉花地的主意，你怎么不听我的。 当着黄所长的面跟你说实话，照你的所作所为，坐牢判刑都够格。 洪塔山愣了愣，人也蔫了些。 孔太平说了他一大通后，又说不是自己不保他，是因为回来晚了，裁决书已经下达，没办法收回，所以希望洪塔山这几天表现好一点，他再帮忙争取提前几天释放。 孔太平问洪塔山业务上有什么要急办的。 洪塔山说没有。 孔太平就问他合同是怎么回事。 洪塔山说那是自己串通几个客户来要挟赵卫东的。 洪塔山回拘留室以后，黄所长说他这股劲头得送到县拘役所去灭一灭。孔太平表示同意。

临走之前，黄所长提醒孔太平，他表妹田毛毛在洪塔山手下干不是件好事，稍不慎就有可能出差错。 孔太平说他已想到了这个问题，只是目前她铁了心，连父亲都敢对着干，别人就更没办法约束，只能等一阵再想办法调开她。

过了两天，镇里开会，孔太平提出要发展孙萍入党，表态支持的人很少，妇联主任公开表示异议，认为不能开这个先例。 孔太平谈了自己的看法，他认为从上面下来的人，又是女同志，能主动参加抗灾救灾活动，就很不容易了。 现在上面下来的人越来越少，所以来一个人我们就应该让他们留下一些可以作纪念的东西，万一他们以后高升了，绝对对西河镇没坏处，从这一点上讲，这也叫为子孙后代造福。 孔太平说孙萍年轻，前途不可限量，他自己年纪大了，不可能沾她什么光，但镇里的年轻干部就很难说了。 说不定哪天就需要人家关照。 孔太平一席话将年轻干部的心说动了。 孔太平抓住时机要赵卫东作为孙萍的入党介绍人，赵卫东犹豫片刻，点头同意了。 他还接着孔太平的话说这也叫感情投资。他俩一表态，这事就成了。 当天孙萍就拿到了入党志愿书。

有天夜里，孔太平突然接到一个陌生人打来的电话，那人说是洪塔山在拘役所磨得实在受不了，请孔书记无论如何要快点保他出去，哪怕早一小时也好。 孔太平一算已到了第五天，便约上黄所长，第二天早饭后，一行人开着车直奔县拘役所。 拘役所的犯人多，洪塔山在那里一点优越地位也没有，几天时间人就变得又黑又瘦。 孔太平他们去时，洪塔山正光着头在火辣辣的太阳底下同另一个犯人搭伙抬石头。 见到孔太平，他扔下抬杠就跑过来，看守在后面吼了一声，要他将这一杠石头抬完了再走。 洪塔山二话不敢说，乖乖地回去拾起了抬杠，抬着石头往一处很高的石岸上爬。

洪塔山回来后，孔太平依然让他当养殖场经理。 田毛毛则正式当上经理助理。 孔太平见既成事实，干脆让镇里下了一个红头文件，想以此来约束下他们。 舅舅出院以后，很长时间胳膊都用不上劲，所幸狼狗咬伤的是左手，对干农活影响不大。 秋天，棉花地换茬后，舅舅又将小麦种上。 麦种是孙萍帮忙撒的，孙萍入党后，各方面表现都很好。 因为田毛毛一直不回家去，孙萍没事时就去孔太平的舅舅家，替两个老人解解闷。 种完小麦，还没等到它们出芽，孙萍下来的时间到期了。 孙萍走时还到那块没有一点绿色的地里看了看，然后到养殖场拿走田毛毛养在一只小鱼缸里的两只长相很特别的"迷你王八"。

秋天的天气很好，可孔太平心情非常不好，上面一抓反腐败，这甲鱼的销路就大受影响。洪塔山带着田毛毛在外面跑了一个多月，可是销售量却比去年同期少了近三分之一。就这样也还算是最好的，好些养甲鱼的单位，干脆停止使用暖房，让甲鱼冬眠，免得它吃喝拉撒要花钱。洪塔山神通比同行们大，这是他们一致公认的。然而就这三分之一让镇里财政处境更加困难。国庆中秋相连的这个月，孔太平咬着牙动用了那笔别人捐赠的救灾款中的一万元，全镇所有干部职工和教师的工资也只能发百分之五十。而上个月的工资到现在还分文未发。

孔太平天天盼着洪塔山回。等到11月初，洪塔山和田毛毛终于回来了。两人气色都不好，孔太平以为他们累了，问了一些简单的情况以后，孔太平就叫他俩先回去休息。洪塔山头里走了，田毛毛却没有动。待屋里没人时，田毛毛忽然扑到他怀里号啕大哭起来。孔太平一时不知如何是好，只有用手轻轻地拍着她的背，反复叫她有话就说，别哭坏了身体。

哭了好久，田毛毛突然抬起头来说，表哥我想回家！

孔太平说，想回家，这太好了，我送你回去。

田毛毛说，可我怕他们不让进门。

孔太平说，你不用担心，有表哥我哩。

说着，他就叫小许准备车。然后将田毛毛牵出屋，上车往家里开去。 舅妈见田毛毛回来了，喜得双泪直流，两个人正抱头痛哭，舅舅却一声不吭地拿上锄头往门外走，但他两脚一直未跨过门槛。 孔太平看时，才发现舅舅脸上也有两行泪痕。

孔太平说，好了，毛毛回家你们应该高兴才是，别再哭。 他还想宽慰几句，小赵骑着自行车，满头大汗地跑过来，结结巴巴地说，各个学校的代表来镇里请愿了。 赵镇长请你马上回去。 孔太平脑子轰的一声像炸了一样，他二话没说，转身就往外走。

在他上车时，舅舅叫了声，大外甥，别慌，吉人自有天相，你首先得当心自己。 孔太平嗯了一声，便吩咐小许快开车。 半路上，碰见教育站何站长在路边匆匆忙忙地跑着，小许停下车将他也捎上。 孔太平问他是怎么回事，何站长脸色发白，说他事先一点风声也没听见，倒是有不少老师在他面前说自己能体谅镇里经济上的困难。 孔太平要他马上打听，背后有没有其他因素。

教师请愿团的总代表是镇完小的杨校长。 孔太平有几个月没见到他了，一见面发现他人瘦了许多，而且气色也不正常。 杨校长开门见山地说，教师们没有别的要求，只想要回自己的那份工资，如果不答复他们明天就停止上课，也出去打工自谋生路。 杨校长很谨慎地避免使用罢课两字。 孔太平同他们说了半天没结果，反而将气氛弄僵。 这时，赵卫东提议镇里领导先研究一下，回头再同代表们见面。 杨校长他们同意了。

到了另外一间屋子，赵卫东说他发现一个问题，杨校长用的是要回自己的那份工资，而不是补发，那意思像是干部们将他们的工资贪污了。 孔太平觉得赵卫东的话有几分道理，不然教师们不会有这么大的火气。 正在分析，何站长来了。 何站长打听到这事的起因是派出所捐出的那十二万块钱中，被镇里扣下四万块钱，前几天这消息被教育站的会计透露出去，教师们认为这钱被镇里的干部们私分了。

孔太平心里有了底，他回到会议室将四万块钱的事作了解释。 杨校长他们听说这四万块钱全都用在被泥石流毁掉家园的灾民身上，一时间都无话可说了。 孔太平索性向他们交了底，说镇委会账户上还有几万块钱，那也是别人捐给灾民的，上上个月实在无法，大家要过节，只好挪用了一万，现在眼看冬天就要来了，他们一分也不敢再挪用了，否则那些灾民就可能冻饿而亡。 这样，轮到杨校长他们说要商量一下了。

很快教师们就有了商量结果，他们说应该相信镇领导会带领全镇干群共渡难关，因此他们不再提停课的事，还是回去安心将书教好。 孔太平很感动，当即表态，这个月 31 号以前，他一定要兑现全镇在册人员的工资，他说哪怕是将自己妻子的私房钱拿出来也在所不惜。

教师们走后，赵卫东说孔太平最后那句话说过头了，两个月的工资，全镇共需十多万，这么急，哪儿去弄这么多

钱。 赵卫东说他妻子不在银行工作，家里没有私房钱。 孔
太平认为赵卫东这是推卸责任，他不应该挑剔谁说了什么，
谁没说什么，关键是管财政不能只管花钱而要想办法挣钱。
两人绵里藏针地斗了一阵嘴，赵卫东一直不肯让步，孔太平
火了，他说这件事自己一担挑，反正到月底他负责让大家领
双份工资。 赵卫东真是求之不得，他说这样更好，自己可以
向一把手多学几招。

赵卫东一走，小许过来小声提醒孔太平，他这是中了赵
卫东的激将法。 孔太平有些恍然大悟，可话说出去收不回来
了。

孔太平同老柯、老阎他们商量了一阵，决定开一个全镇
企业负责人会议。 他在会议上将各单位本月应上缴的资金数
强行分解下去，还要他们立下军令状。 企业头头们勉勉强强
地答应了，可是会一散，他们又纷纷叫苦和反悔。 孔太平不
理他们，回头又去召集财政、工商和税务部门的负责人会
议。

忙了两天两夜的会以后，孔太平又带着一帮人到各村去
扫农业税死角，每天总是要到晚上十点以后才能回镇上。 中
间他还抽空到养殖场去了两次，要洪塔山挖挖潜力，能多缴
就一定要多缴，要打埋伏也得等到熬过这几个月再考虑。 他
每次去时，田毛毛都不在办公室，问时都说她从出差回来以
后就一直没来上班。 孔太平问洪塔山是怎么回事，洪塔山说
他也不知道，或许是田毛毛想辞职不干了。 孔太平觉得田毛

毛真的辞职倒是件好事，省得他老是放心不下。

　　孔太平前些时一直没有机会告诉洪塔山，他们到县公安局帮他弄掉那检举信的事，到了这时候，为了让洪塔山对自己不存二心，他安排了一个时间，让洪塔山到自己房间里来，专门同他说了这件事。洪塔山听后脸色发白，没说一个字。

　　这天晚上，孔太平从村里回来时，发现自己门口蹲着一个人。他认出来那人是舅舅，连忙开门将他请进屋里。舅舅全身发抖，站不住也坐不稳，进了屋也只能蹲在墙根。孔太平慌了，正要叫人请医生来，舅舅终于开口说了一个不字。然后绝望地要孔太平将洪塔山那畜生抓起来枪毙了。洪塔山在出差的第二天晚上就闯进田毛毛的房间里将她强奸了。田毛毛回来后不敢说，直到今天傍晚突然肚子疼，送到医院里一检查说是宫外孕，田毛毛这才说出了事情的真相。

　　孔太平简直气疯了，他拿起电话吼叫着让黄所长马上来。几分钟后，黄所长就到了，听完情况，他二话没说，回头就走。二十分钟以后，黄所长打来电话说人犯已押起来了。

　　孔太平随后去了医院，田毛毛脸和手白得像面粉捏成的，两眼不看他，但是泪水在哗哗淌。舅舅和舅妈像木人一样呆在床边。孔太平一个字也说不出，他转身找来院长，要他将这间病房的其余床位空着，不许安排别人，同时尽量封锁消息，不要让无关的人知道真相。院长对病床的事很为难。孔太平蛮横地说，不管他想什么办法，总之这间屋子不能有别人。他还加上一条，病历上也不能写宫外孕，只准写阑尾炎。

孔太平见到黄所长时第一句话就问是不是将洪塔山铐上关着，铐紧了没有。黄所长说他是将洪塔山双手捆着吊在窗户上，脚下垫着一块刚刚踮着能踩上的砖头。孔太平说就这样吊他个三天三夜。接着他又问能不能给洪塔山判死刑。听到黄所长说不能，他恨恨地说现在的法律太宽大了。他要黄所长加重刑罚，最少也要将这狗杂种弄成个废人。黄所长说这一点他能够办到。

从派出所出来，孔太平又去了医院。他怕田毛毛万一有什么闪失，整夜都在她床边守着。天亮后不久，黄所长骑着摩托车来到医院，见孔太平冷静了些，就请他到自己家里，极小心地告诉他一件事。昨天晚上赵卫东在财政所喝酒，他告诉丁所长，当初让田毛毛去养殖场就是为了现在而留下的伏笔，他早就看出洪塔山对田毛毛不怀好意。现在看孔太平还保不保洪塔山。没有洪塔山，孔太平的半壁江山就不存在了。丁所长一向与赵卫东走得近，听了这话后也觉得赵卫东这人太可怕，他不好直接告诉孔太平，就打电话托黄所长转告。

孔太平听到这些后，人一下子清醒过来。他在黄所长家里想了半天，吃中午饭时，他冷静地问洪塔山现在的情况怎么样。黄所长说一切照旧。他叹了一口气后让黄所长赶紧叫人将洪塔山从窗户上放下来，不能再吊了。黄所长问他怎么不想杀了或弄废了洪塔山。孔太平说谁叫我当了这管着几万人吃喝的官呢！黄所长说他这样做才是对，黄所长又说他昨晚的言行有些过激，但这种反应也是对的，只有这样才让人觉得孔太平是个有血有肉的领导人。黄所长还告诉他，自己根本就没有用那些法子折磨洪塔山，他虽然被关着，但在小屋之中还有自由。孔太平又长叹了一声，说下辈子我决不再当这窝囊官。

孔太平一直没去镇里办公，一天到晚总待在医院里，镇里有什么事，分管的人都来医院请示他。镇上许多困难，在说给孔太平听的同时，舅舅和舅妈也同时听见了。到了第三天，几乎所有人来后都要说养殖场不能就这么群龙无首，否则全镇干部职工就没有钱买过年肉了。孔太平对这些情况一概不表态。

第四天上，舅舅对他说，他应该去上班，为百姓做点事。孔太平说他在这里也是为百姓做事。舅舅说了这一句又不说话了，过了好久，他突然开口要孔太平出去一下，他一家人要商量一件事。孔太平一出门，舅舅就将门反锁上，他在门缝中听不出里面在说什么，不一会儿，屋里传出两个女人的号啕大哭声。孔太平急得用拳头直擂门。女人的哭声低下来时，舅舅将门打开放孔太平进屋。

舅舅用揪心的语调说，我们说定了，不告姓洪的了！让他继续当经理，为镇里多赚些钱，免得大家受苦。

孔太平扑通一声跪在地上，说，我一直想说这话，可我没脸说，我没本事将西河镇搞好，却害得表妹受这等罪孽！孔太平说着话眼泪像河水一样淌出来。

舅舅要田毛毛提前出院回家去休养。孔太平问过医生，并得到允许，便替他们办了出院手续，然后用车将他们送回家。回转来，孔太平让黄所长将洪塔山放了。黄所长说他知道事情会是这样的结局，所以连口供也没录。洪塔山出来时，要找他谢罪，孔太平不愿见。除了继续让他当养殖场的经理外，什么话也没传给洪塔山。

第二天，洪塔山就让司机开着桑塔纳送自己到省城去了。孔太平许诺的日期已经很近了，收上来的钱离发工资还差得远。他没办法，只好真的回家翻箱倒柜将妻子八万块钱存折找出来，他打算以此作抵押，从银行里贷些钱出来。就在他跨进镇工商银行大门时，小赵追上来告诉他，洪塔山在省城将桑塔纳卖了，寄了十几万块钱回来给镇上发工资。

工资刚发完，县里通知孔太平到地委党校学习，同行的还有东河镇的段书记。两个人住在一个房间话却不多。有一天东河镇有人给老段送来不少茶叶。老段让他尝了尝，他觉得味道非常好。老段得意地说这叫冬茶，刚焙的，他每年只做十斤这种茶叶。孔太平说，这时候采茶叶，霜冻一来茶树不就要冻伤吗？老段说一棵茶树才几个钱，我用这十斤茶叶换来的效益，不知要超过它多少倍。

刚好这天黄所长带着洪塔山来看孔太平。洪塔山在这段时间里做成了几笔生意，镇里的经济情况眼见就能好起来，孔太平听后对他说，再出去时将镇完小的杨校长带出去，找家大医院检查一下，看他是不是患了前列腺癌，并让他住院治一阵。洪塔山心领神会地一连说了三遍，要孔书记放心。

孔太平将段书记留在屋子里的冬茶拈了点，泡给黄所长和洪塔山喝，还讲了冬茶的来历。他最后才说，如此名贵的冬茶，一定是要送给关键人物的。黄所长当即骂了几句。

喝罢茶，孔太平提出到外面走一走，黄所长推说想躺一会儿，没有去。

孔太平领着洪塔山出了党校后门，进到一片僻静的树林。走了几步后，孔太平忽然转身对着洪塔山就是几拳。洪塔山晃了几下没有倒，但他也没还手，任凭孔太平的拳脚雨点般落在自己身上。

孔太平踢了最后一脚后问，我待你怎么样？

洪塔山说，很好。

他俩回屋后，黄所长依然躺在床上。

夜里，东河镇的段书记拿上茶叶出门了。过了几天那些冬茶又被人送回。老段很奇怪，以为是味道不好，便打开一只密封的盒子检查。盖子一揭开，上面有张字条。字条上写着：有权喝此茶者请三思，如此半斤茶叶可使一亩茶树冻死。再检查其他盒子，都有类似的字条，只是有些言语更激烈些。

一

今年的第一场北风从昨天天黑之后开始刮了整整一个晚上，早上起来时满地一派萧条萧瑟。门洞和台阶上，枯叶与杂草铺了厚厚一层，一些勺子似的枯叶里盛着浅浅的尘土沙粒。稻场上干净得如同女人那搽过雪花膏的脸，黄褐色的地皮泛着油光和油光中厚薄不匀的粉白。田野上滚动着带着牙齿的干燥气旋。往日绿色的风韵犹如半老徐娘，眼见着扛不住那几片飘飞的枯叶的诱惑与勾引。飘飞的枯叶是只鬼魂，一会儿上下跳跃，一会儿左右回旋，它呜呜一叫，衰败的消息就响彻了。

石得宝嘴里叼着牙刷往门口走，他看见石望山扶着一把竹枝扫帚站在稻场中间。石望山是他的父亲。他父亲每天总是起得很早，开门第一件事就是打扫家门前的这块稻场。被夜幕从日落蒙盖到日出后，稻场上总会堆着十几堆冒着热气的猪粪狗屎。鸡公鸡婆除了也做做小巧玲珑的龌龊之事外，一早起来便在这空荡之处使劲地筛着痒，抖落在笼中憋坏了的羽毛，把地上弄成毛茸茸的一片。还有禾草枝叶，这些无翅无脚的东西，永远都会在黑暗中不声不响地来到稻场上。 垸里能看见石望山扫地的人不是很多，他们通常只是看看被石望山扫得干干净净的稻场，然后提着裤子钻进稻场边各家的厕所。 父亲在风中伫立，任凭北风用头和尾戏弄着他的衣襟。 石得宝刷完牙，一仰脖子咕噜噜漱了一阵，他猛一吹，一口水喷出很远。

"这地不用扫了！"他说。

"天变冷了，早上别让风吹着，回屋吧！"他又说。

石得宝说了两句，石望山没有理他。 地上有两行蹄印。一行是牛走过的，一行是猪走过的。 石得宝感觉父亲也发现蹄印了。 他望着父亲放下扫帚去到屋檐上取了一把锄头，然后一个个蹄印地修整那些小坑小凹。 石得宝转身进屋，但那大的蹄印像是踩在眼睛里，小的蹄印则是踩在心里。 他有点叹息父亲现在是英雄无用武之地。

妻子在房里唤了一声，石得宝连忙过去，见她是要解手，就扶着她下了床，走到马桶边坐下。 屋子里水响一阵，他又过去扶着妻子回到床边。 妻子往床沿一趴，要他拿条热毛巾帮忙揩擦下身，说是被马桶里溅起来的水弄脏了。 石得宝拿来毛巾替她揩干净时，她嘴里不停地埋怨丈夫不该又起晚了，又倒不成马桶。

妻子从前四天开始就在发烧，而且不想吃任何东西，医生来看过两次总说是小毛病不要紧，但发烧总不见退。 人虚得骨头像棉花做的，连马桶也无力端出去倒。

　　石望山自己这一生没有给女人倒过马桶，他也不允许石得宝做这伤男人阳气的下贱之事。 自妻子病倒之后，石得宝的一举一动都在父亲的监督之下，父亲怕他夜里偷偷给妻子倒马桶，将前门后门都上了锁，不给他以任何机会。 石得宝没敢将这一点告诉妻子，只说自己趁早上父亲还没起床时去倒马桶。 但是父亲每次都比他起得早。

　　妻子在床上躺好后，石得宝用手摸了摸她的脸。 妻子将他的手从脸上取下来搁到自己胸脯上，要他捏一捏。 石得宝捏了两下，不忍心再捏，虽然心里有些挂惦，他还能克制住。 妻子说对不起他，让他天天受累，自己又没办法慰劳他。 他正想说老夫老妻的怎么还说这种话，石望山在外面叫起来。

　　父亲指着光秃秃的小路远端。

　　"那是不是会计金玲？"父亲说。

　　"好像是她。"他回答说。

　　"我看就是她，你瞧那一双手摆得像电视里的人。"父亲言语有些不欣赏的意思。

　　"这一大早，她跑来干什么？"石得宝问自己。

二

　　花花绿绿的小点点，从树梢慢慢滑到树根。 山坡上的小路是挂在稻场边那棵树叶几乎掉尽的老木梓树上的。 老木梓树下落叶铺成一片金黄，树上雪白的木梓树籽衬映着粗黑的树干。 金玲从这样的背景里出现，让石得宝多多少少吃了一惊。

"这么大的垸子，怎么就你家的两个人起来了？"金玲脆脆地说。

"难怪大家都要选你当村长，几代人都这么勤快。"金玲又说。

"还不如你哩，你一大早就赶了这么远的路。"石得宝说。

"哪里，我昨晚在得天副村长家里打了一通宵麻将，我赢了他们，不好意思提出散场，只好奉陪到底。"金玲说。

石得宝本来要提醒她，女人打麻将不能太熬夜了，一记起妻子正躺在床上养病，就没将这话说出口。 他只问了问都是哪四个人，听说除了她同副村长石得天，另两个人也都是村干部，他心里就不高兴起来，忍了几下没忍住，就责怪他们不应该老是几个村干部在一起搓，最少也应该叫上一两个普通群众，免得大家说村干部腐败。 金玲不以为然地分辩道，如果同群众一起搓，群众赢了当然无话可说，若输了说不定会背上欺压群众、鱼肉百姓的罪名。 金玲的话让石得宝笑起来。 他将金玲让进屋。 金玲没说正经事，却先进房看望石得宝的妻子。 两个女人拉着手说话，石得宝站在一旁，心里在不停地盘算可不可以叫金玲帮忙将马桶倒了。 他正在琢磨，妻子自己先开口了。

"病了几天，马桶也没人倒。"妻子望着金玲。

"男人都是这样，别作他们的指望。"金玲说。

"想叫人帮个忙又没气力喊。"妻子还在这上面绕。

金玲却岔开话题，劝她还是早点到镇上去找医生会诊一下。石得宝忽然生起气来，他冷冷地告诉金玲，这事不用她操心，他已经准备好，早饭后就送妻子上镇医院去。金玲不在意地说他们本该早点去，时间拖长了病人吃亏。金玲接着告诉他，镇里通知他今天上午去开会，任何理由都不许请假，不许找人代理。镇上的会多，领导们总在布置任务。因为镇里住着地委的奔小康工作队，石得宝以为又是讨论落实检查总结前一段奔小康活动的情况，就叫金玲统计几个数字，好在会上汇报。石得宝要金玲赶快回去，将那些数据准备好，早饭后在公路边等他。金玲却当即将一组数字报给了他：村办企业产值增长百分之十九点一，人平均收入增长百分之十九点四，等等。看着金玲那口报鲤鱼十八斤的模样，石得宝在屋里找开了笔记本。找了一阵总算找着，他拿着笔记本一对照，立即指出金玲的数字不对，特别是村办企业，明明白白地只增长了百分之六。金玲告诉他，昨天镇里派人下来要数字，说是要，其实是摊派，全镇要求的增长数字是百分之三十。石家大垸村一向是拖后腿靠别人来填空洞，所以镇里只给他们前面的那些数字。石得宝想了想，让金玲将她上报的那些数字都写在他的笔记本上。金玲一边记一边告诉他，镇里的数字也是县里压下来的，而地区在压县里，省里在压地区。 中央压没压省里，他们都不晓得。

"中央不会搞假的！"石望山一旁突然说。

"那是那是。"石得宝边说边朝金玲眨眼。

金玲没有接话，她又提醒一次石得宝，别忘了去开会，也别迟到。 石得宝晓得镇里召开村长会议，谁迟到就要罚谁。 金玲走后，他就忙开了，一会儿做饭，一会儿又去招呼妻子洗脸换衣服，同时又吩咐父亲到门外去张望，托人捎个信，叫昨天约好的拖拉机提前点来。

三

拖拉机来时，已快八点钟了。 镇上的会总是九点钟开始。 石得宝拿了一张躺椅搁在拖拉机上，又将棉絮拖了一床垫上，这才扶着妻子上去坐好。 一路上妻子直想吐，拖拉机停了几次，每次她虽然呕得比拖拉机的声音还响，但什么也没吐出来。

"我这呕吐怎么也会来假的哩！"妻子不好意思地小声嘟哝，石得宝这才晓得她一直在听着他们的一切谈话。

到了东河镇医院，免不了一番忙碌，挂号，就诊，石得宝都是来回跑着步，后来医生开了一张条子，要石得宝领上妻子去抽血化验。 他一打听，光这一项就得花一个多小时，心里就有些急。 他同妻子商量几句后，就叫开拖拉机的小严帮忙照看一下，他到会场上转一转再溜出来。

　　他在镇委会院门口迎头碰上了丁镇长。 丁镇长见了他很不高兴，说他迟到了十五分钟，丁镇长用手指磕得手表哪哪响。 石得宝到会议室一看，全镇十五个村的村长已到了整整十位。 大家都是熟识的，一见石得宝进屋，就有人同他开玩笑，问他是不是同村里的女会计一起到镇上逛街了。 有人装作不明白，故意问是怎么回事。 于是又有人讲石得宝前两年为了物色一个年轻漂亮的女会计，特地在全村搞了一次石家大垸环村小姐评选活动，历时半年，还聘请了几位城里的评委，但评委主任是他妻子，最后终于选出一位让他妻子十分满意的女会计来。 最后一句话让大家哄堂大笑起来。 那人在笑中补充一句，说石得宝的名字就是由此而来，他自己的意思本来准备叫"是得抱"，妻子非让他叫石得宝。 石得宝慢吞吞地反驳，说那些人的思想一点也没有转移到经济建设上来，不懂得利用人力资源，女人丑不怕就怕不会利用。 他用手指指着笑得最响的那些人，说自己如果将来有事找他们办时，就派一个丑女人去，一天到晚跟在身前身后，让他们恶心得吃不下饭，最后绝对只有乖乖地将事情办了。 石得宝这一说，大家突然都有了发现，纷纷说这一招用在讨债上肯定灵，让一个满头癞痢、不说话嘴里也流涎三尺的女人，往那些平日美女如云的老板办公室一坐，不出半个小时，就会有人将现金支票送过来。 说着话，大家还要拿石得宝取笑，说这是不是他妻子用来对付他的高招。 石得宝要大家别说他妻子，他说她现在躺在医院里还不知祸根在哪儿，别让她在那边打喷嚏，加重了病情。

正在这时，丁镇长走进会议室，问大家为什么笑。大家都不说话，石得宝主动说他们笑他找了一个丑女人当村里的会计，是成心想减少来村里检查工作的上级领导的食欲。丁镇长板着脸叫他们别这么损，他说自己若真的想在哪个村吃饭，就是满头瘌痢的女人坐在对面，他也照吃不误。听他这么一说，一屋的人再次哄笑起来。丁镇长开始以为是自己的幽默所致，他马上发现情形并非如此，便半是恼怒地说他今天一定要好好收拾一下这群地头蛇。大家以为接下来会宣布开会，哪知丁镇长又出去了，他说哪怕缺半边人也不开这个会。

丁镇长说得出做得出，有一个村来的是副村长，他当即将其撵回去，非要村长自己来不可。石得宝坐在会议室里，心却飞到医院了。熬到十点半钟，丁镇长才宣布开会。他第一件事就是收会议迟到的罚款，钱不多，每个迟到的村长只需掏五角钱，但必须由迟到者亲自送到主席台上交给他。石得宝掏出钱往前走时，脸都红破了。第二件是由他自己宣布自己在镇党委书记老段到地委党校学习期间全面主持镇里的日常工作，他说完主旨后顿了顿，石得宝以为他是在要掌声，就带头鼓掌。四周有响应，但不热烈。丁镇长在主席台上说着那些可说可不说的话，石得宝在台下想起别的。现在冬播已结束，按季节是上水利建设项目的时候了。但段书记走前布置工作时已明确说了今年镇里不搞大型项目，由各村自己安排，项目宜小不宜大，让老百姓有个休养生息的空隙。 另外一个就是计划生育，因为就要到年终了，多数在年前年后结婚的青年，差不多都在这时候生孩子，许多生二胎三胎的往往也夹在其中，趁机浑水摸鱼，所以一到年底总免不了要大抓一阵计划生育工作。

石得宝没想到丁镇长布置的具体任务只是每个村向镇里交二到三斤茶叶，按村大村小来分，石家大垸村是全镇最小的村，自然是最少的二斤。 石得宝正在奇怪丁镇长怎么杀鸡用牛刀，为几斤茶叶的事还这么正儿八百地开大会，并且一斤一两地分得清清楚楚，丁镇长就开始细说具体要求了。

一听说这些茶叶必须是冬天落雪时现采的，不能有半点含糊时，在场的人顿时一个个面面相觑。 有人忍不住当场问起来，说是茶叶从来都是春天和夏天采摘，冬天采摘这不是违反自然规律吗？ 丁镇长解释说这是县里布置下来的，是政治任务，必须不折不扣百分之百地完成，他还告诫大家，这事不要向外张扬，避免产生不利影响。 将来哪个村里出了娄子，就找哪个村里的干部追究责任。 丁镇长要各位村长回去先做好准备，哪天落雪哪天就及时动手，到时候他会派人到现场去督察的。 丁镇长也不等大家说话，一只手拿起桌子上放着的那只不锈钢保温茶杯，一边起身一边宣布散会。

四

出了镇委会大院，几位村长在商量找家餐馆点几个菜聚一聚，问到石得宝时，石得宝没有同意，他要到医院去招呼妻子看病。他匆匆地赶到镇医院，找了一阵没看见妻子的人影，回头再看外面的拖拉机也开走了。他估计妻子一定是看完了病，先回家去了。如果是这样她的病情一定不算严重，要不然就会留在医院住院。石得宝这么一想，也就放下心来。他扭头走出医院，穿过镇里的主要街道往镇中学方向走。

正在低头走着，街边忽然有人叫他，一看，那几位村长正坐在一家餐馆的门口。石得宝应了一声正想走，其中一个人跑上来扯住他就往餐馆里拖，然后将他按在一张桌子旁，他坐下来一看，开会的村长们几乎都在。石得宝正要开口，有人说除非他妻子要死了，不然就不许他走，因为谁叫他走了又回头哩！另外几个人却说他们正好可以私下开个会，扯一扯这冬天落雪采茶的事。石得宝本来打算到中学去看看读高二的女儿亚秋，眼看走不脱，他只好安心等酒菜上来。不一会儿就有人端来一只热腾腾的火锅。火锅有脸盆那么大，下面的炭火还没旺，有一股子猫尿臊，但大家都说好香。石得宝也闻惯了。家里存放的木炭，总是猫最喜欢撒尿的地方。一到冬天，只要一点燃木炭，那股浓酽的味道是垸里家家户户温暖将至的前兆。 十几个人围在桌旁，挤得像一群猪娃在槽边抢食的模样。 也没什么好菜，三斤肉三斤鱼，外加猪血豆腐和腌辣椒，切好了一齐烩入火锅里。 锅里才刚刚冒出几个气泡，就有人将筷子放进去捞了起来。

几杯酒一喝，大家就议论起采冬茶的事。 根本不用猜，村长们就明白，一定是上面的人在想新点子给更上面的人送礼。 大家都非常不满，说巴结领导也不应该挖老百姓的祖坟。 村长们都是内行，他们非常明白，十冬腊月茶树是动不得的，莫说掐它那命根子芽尖尖，就是那些老叶子也不能随便动。 不然的话，霜一打，冰一冻，茶树即便不死也要几年才能恢复元气。 有人开口骂起来，石得宝马上劝开了，说这事还是不在外边议论为好。 听石得宝如此一说，立即就有人问他有什么好办法。 石得宝也没有什么办法，现在茶场都承包到私人，让他们采冬茶等于让他们自己砸自己的饭碗。

酒喝到差不多时，有人提出各个村联合起来进行抵制，这话一出，大家突然都不说话了。 石得宝见说话的人很尴尬，就劝他放心，在这儿说的话不会有人往外传，谁要是往外传，他就带头将这些都栽赃到谁头上。 他这一说，大家都连声附和，说是这儿说的话就在这儿忘记，不许带到门外去。 渐渐地，又恢复了活跃的气氛，大家不再说采冬茶的事。 反正离落雪还早，水还没开始结冰，等事到临头再说，能躲就躲，不能躲时总会有个解决办法的。 因为这样的任务完不成除了说党性不强以外，总不至于落得什么处分。

　　散席时，餐馆老板一算账，每人也就十一块五角钱。 大家分别拿了自己的那份发票，付了钱，出门后各奔东西。

五

　　石得宝依然往中学方向走。 出了镇子，过了一道小河便是中学，操场上到处都是蹦蹦跳跳的学生，石得宝一不留神，一只皮球刚好砸在他的身上。 学生们有些不好意思，他摸着砸着的部位说没事没事，并一伸腿将皮球踢了回去。 操场上没有亚秋的影子，寝室里也没有，虽然还没到时间，他还是找到教室那边，一看亚秋正在那里埋头看书。 石得宝从口袋里摸出五块钱递给亚秋，他叮嘱女儿不可太用功，该休息还是要休息。 亚秋说期中考试她只得了第二名，期末考试时她一定要将第一名夺回来。 见亚秋这副用功的样子，他心里想好的事有点不好开口，犹豫一阵他还是说了出来。 他要亚秋今天下午下课后一定回去一趟，看看妈妈，顺便帮妈妈将马桶倒了。 亚秋噘着嘴说爸爸和爷爷都是封建脑子。 石得宝还要说什么，上课的铃声响了。

　　回家时，石得宝拦了一辆回村里去的机动三轮车，大家都管这种车叫三马儿。 石得宝同车上的人一样付了两块钱，开三马儿的人嘴里说着不好收村长的钱，但伸出的手一点也没犹豫。 半路上，碰见那辆拖拉机迎面而来。 石得宝正要打招呼，拖拉机忽闪一下擦身而过。 他看见挂斗上的躺椅和棉被都不见了。

"村长，我怎么听说镇里给每个村都布置了一项特殊任务！"开三马儿的人突然回头说。

"没有哇，我怎么没听说，你倒先晓得了。"石得宝有些吃惊起来。

"你别瞒我，是任务总要往下布置的，不如先吐露一点风声，好让我们有个心理准备，免得到时候一开会就吵架。"开三马儿的人说。

这话是实话，每次村里开会分配任务时，家家户户总是吵闹个无休无止，哪怕是多出一块石头也不让步。他们担心这回多一点下回就要多两点，再下一回就会多三点。石得宝向他们保证也没用，非得当即扯平均不可。

"这话你是从哪儿听说的？"石得宝开始反问。

"是丁镇长到车站送客时，同人聊天时说出来的，他没有明说是什么事。"开三马儿的人说。

石得宝开始不明白丁镇长为什么自己又在往外说，后来，他也觉得这是丁镇长故意放点风出来。石得宝想明白后，也故意放点风，说是镇里开会是为了茶叶的事。车上的人一直都在竖着耳朵听，只是没有吭声。听到石得宝一说，他们立即松了一口气，纷纷说自己还以为又有什么摊派任务要下来，如果是茶叶的事，他们就放心了，大不了是为了定明年的特产税，茶叶树就那儿长着，谁都可以去数有多少棵，想多交办不到，想少交也办不到。大家一松气，石得宝心里却紧张起来，他一点也没有办法预料村里人听说要他们采冬茶后是什么样的反应。 石得宝担心，他们现在越放松，将来反应越强烈。

一到家，石得宝就看见石望山坐在门口，手里拿着一只红薯在大口大口地啃着，红的薯皮和白的薯浆在嘴角上闪着各自的光泽。 石得宝走拢去时，石望山出其不意地给了他一个耳光。 石得宝被打蒙了，捂着脸下意识地叫着父亲，问这是为什么。 石望山不说，叫他只问自己的妻子。

果真问过妻子后才晓得，妻子在医院检查后见不是什么大病，就拿了些药自己坐着拖拉机回了。 进屋子后她脱下裤子坐在马桶上解过小便，不料起身时人突然昏倒在地上。 父亲在堂屋里，干着急不敢进房动手帮儿媳妇一下，只好跑到隔壁喊别的女人过来。 石得宝这才明白为什么一垸的男女见到他时，一个个都在捂着嘴笑个不停，他心里也有几分不好意思起来。 石得宝不知说什么好，只有告诉妻子，女儿亚秋天黑时可能回来。 妻子果然笑了一笑。 他又将这话告诉石望山，父亲那像麻骨石一样的脸上，也有了些喜色。

石得宝到菜园里弄了一些菜。 正在换季，刚被拔掉的辣椒禾上有不少很小的辣椒。 石得宝将这些嫩辣椒摘了一些，又挑了一大把嫩辣椒叶子，其余正在地里生长的白菜和萝卜，也一样摘了一些，够炒一碗的。 回屋子后，他又捉了一只母鸡杀了。 妻子躺在床上叫他杀那只黄公鸡，石得宝没有作声，背地里打的是另一番主意。 妻子病了不能吃公鸡，他不能让她在一旁白看白闻。

六

　　天黑之前，亚秋果然回来了，她一进屋就直奔母亲的房里。 石得宝在厨房里做饭，耳朵却在听她们母女在说笑什么。 这时，石望山在外面叫来客了。 石得宝探头一望，是镇里的宣传干事老方。 老方一进屋说赶得早不如赶得巧，今天这餐酒他是喝定了。 石得宝心里不高兴，却又没有办法，只好装出些笑色来请老方赏光留下来吃顿便饭。 老方说他来找石得宝有事要了解，就是想走也走不了，必须以工作为重。

　　老方刚坐下，亚秋便端着马桶从屋里出来，一步也不绕地擦着老方的身子走过去。 石望山追出门外等着她回来后，小声责骂她不懂事，不应该在客人面前倒马桶。 亚秋也不争辩，端着马桶一步不差地从原路返回房里。

　　隔了一会儿，屋里的鸡肉香味更浓了。 亚秋从屋里钻进厨房，一边同石得宝说话，一边悄悄地拿了一只碗，把锅里煮熟的鸡肉盛了大半碗，端进屋里。 石得宝开始一直在埋头往灶里添柴，发现情况后叫了几声亚秋，亚秋早将房门一掩不见了。

　　石得宝正担心老方感觉到了，老方就在堂屋开口叫起石得宝来。 他丢下火钳跑出去，老方二话不说，从口袋里掏出十块钱搁在桌子上。 然后转了身才说他没有带什么东西来，这点钱留下给石得宝的妻子买点东西补补身子。 石得宝说这不是屁眼屙尿反了吗，他追到门口拉了几下怎么也拉不住老方，见硬拉不行，就借口说，不是还有事情要了解吗？ 老方说天色不早了，他得早点回去，需要了解的事请石得宝明上午到镇委会去谈。

老方骑上自行车毫不犹豫地走了。

石得宝没有怎么说亚秋。 石望山一个将话都说了。他说亚秋是一碗饭养大的，总以为自己读书多，一点也不懂人情世故，就是要饭的赶上吃饭时主人也得给上一碗，何况老方是镇里的领导。 亚秋不示弱，她说爷爷和父亲总是对那些人做无原则的忍让，老让他们占便宜，结果是害人害己。石望山很生气，叫着要石得宝的妻子掌几下女儿的嘴巴。 亚秋回到屋里，拍了两下巴掌后，大声说妈妈已打了我，并哭了几声。 石得宝怕石望山气出毛病来，就大声喝住了亚秋，不让她再闹下去。

吃饭时，石望山已消气了，他只是遗憾地说了两次，没有个客人，好酒好菜都不香。

亚秋一回，石得宝妻子的病就减轻多了，晚上睡觉时，她主动抚摸了石得宝几下。 石得宝问清她的病是妇科急性炎症，就想起自己每次往妻子身上爬时，妻子总抱怨自己不肯将下身用干净水抹几把。 他避开这个话题，将上午镇里开会的内容告诉妻子。

"天啦，这种事亏得他们能想出来！"妻子惊叫道。

"我们也奇怪，他们在上面怎么能够凭空想出这种鬼点子哩！"石得宝颇有些慨叹。

"在这些事情上，有些人的的确确真有水平。"妻子说。

"他们水平高，也胆大，敢说敢做，可是我怎么开口向村里人说哟！"石得宝说。

"这种事只要你一做，管保下一回村长就要选别人了。"妻子说。

"算了，算了，别说这个。"石得宝有些心烦。

这垸和这村虽然叫石家大垸，但石姓人口却是少数，主要是1948年国民党军队撤退时，在这垸里狠狠地杀了许多姓石的人，当时垸里的人都不明白这是什么缘故，多年之后，他们才搞清楚石家的一个人在北京做了共产党的大官。石望山叫他十三哥。小时候他们常在一起放牛。十三哥给石望山写过一封信，却从来没有回来过。因为这个缘故，石家的人一直当着这个村的头头。但这几年搞选举，同族的总帮同族的人，石得宝当了三届村长，但得票一年比一年少，最近一次，他只比半数多了十几票。

石得宝一直想到半夜，他听见妻子在梦里还在惊叫着落雪天怎么采茶。他突发奇想，要是今年冬天不落雪那该多么好。

七

第二天一早，石得宝起来送亚秋上学。屋外北风已不再吹了，稻场上很脏乱。石望山手中的竹枝扫帚在清晨的原野上唰唰地挥响。石得宝经过他身边时，他什么也没说。过了一会儿，石望山问石得宝是不是有什么心事难以启齿。石得宝回头张望，见石望山仍是低头扫的模样。亚秋在一旁撵着木梓树上的一群鸟，石得宝又一次望了望石望山，那边的目光并没递过来。他刚转身，身后又说要他不要太忧虑会伤身子的。石得宝没有再回头，他叫上亚秋，踩着重重的露水草朝田野中央走。

田野四望无人，几堆已烧了几天的火粪在互不依靠地各自吐着青烟，有浓有淡，有轻有重，或细或粗地袅袅缠绕着，深秋的凝重中因此透出些轻盈。

"爸爸，你是不是有外遇了？"亚秋突然问。

石得宝吓了一跳。

"你一定是有外遇了，不然不会这么心事重重。"亚秋继续说。

"别瞎说，好像一想心事就是在搞婚外恋，我是在想工作。"石得宝说。

"村里人都在自谋生路，连脑袋都削尖了，你一个破村长有什么工作可做。"亚秋说。

　　石得宝摸了一下亚秋的头，他晓得有些话是同孩子说不清的。 但他还是告诉女儿，上面千条线，下面一条根，上面几级布置的任何事，最终都要归结到小小的破村长身上，别看他无职无权，可哪一样事离了他就办不成。 他挥手拦住一辆三马儿。 看着亚秋远去的背影，他轻叹了一声。 石得宝回家料理完妻子，自己又来到公路上拦了一辆三马儿，到镇里去见老方。

　　老方找他并没有什么重要的事，只是因为要写一篇新闻稿，需要摸一下各村的情况，特别是有趣例子、小故事等。石得宝讲了一阵，老方都不满意，索性就摆手让石得宝走了。 石得宝在镇委会各个办公室转了一圈，还没见到丁镇长，一上午的时间就完了。 他往外走时，正碰上老方拿着碗到食堂里打饭。 老方坚决要他在镇里吃了饭再走。 石得宝因昨晚的事不好意思，整个吃饭过程他都没有抬头看老方一眼，直到碗里空了，他才对老方说自己吃好了。 老方饭后又拉他到房里坐会儿，喝杯茶。 老方越是亲切就越让石得宝感到心中有愧。 喝茶时，他们很自然地聊到茶叶的问题上。老方已晓得丁镇长要各村落雪天采茶的事，他告诉石得宝，现在党的三大优良传统的提法已变了，叫作理论联系实惠、密切联系领导、表扬与自我表扬。 采冬茶的事就是为了密切联系领导。 它是镇里段书记发明的，后来又引起县里的重视，成了县里头头们打开省城与京城大门的秘密武器。 石得宝很奇怪段书记怎么会想到如此怪招。 老方就说一招鲜吃遍天，虽然只是一点茶叶，由于是冬天落雪时采的，别人没有，领导一下子印象就深刻了。 别的东西都是大路货，你有我有大家有，很难引起领导重视，况且别的东西送多了还有行贿受贿等腐败之嫌。 斤把两斤茶叶算什么呢，不就是见面递根烟的平常礼节吗！ 老方说得越轻松，石得宝心里越沉重，他怕这件事无法完成。 老方不当一回事，认为"车到山前必有路，有路就有丰田车"。

石得宝告辞出来，正好碰上一上午没碰上的丁镇长。 丁镇长迎面甩来一句，说石家大垸村过去做事总是中游偏下，他希望这回他们能出个风头当个上上游。 石得宝正说自己能力有限，丁镇长毫不客气地打断他的话，要他回去早做准备，今年气候有些反常，夏天已是比往年热，据说冬天也将比往年冷，落雪的日子可能提前到十一月底十二月初。 丁镇长还提醒他，别让区区两斤茶叶给难倒了。 石得宝嘴上说不会，心里却着急起来。

临走时，石得宝问今年的民政救济金什么时候能发下来，丁镇长回答说光有了指标，钱款还未到。 丁镇长又说将来哪个村没有完成镇里下达的任务，他就扣发哪个村的救济金，让那些日子过不下去的人都到村干部家去过年。 石得宝只把丁镇长这话当作说笑之词，并没有往心上搁。

八

半路上几个本村的人拦着问他镇上开会是不是为了救济金的事，他们还等着买过冬棉衣。 石得宝只好说就要下来了。

回到家里，石得宝见妻子下了地，坐在稻场上晒太阳。

一个星期以后，妻子的病完全好了。 石得宝好久没同她亲热，几个晚上接连着没有空闲。 这天晚上他正在妻子身上忙碌，妻子说外面落雨了。 他没心思听屋外的动静，直到忙得浑身酥软才歇下来。

冷雨果然打在窗玻璃上，脆脆地响，石得宝翻身爬起来，打开电视机收看晚间新闻后面的天气预报。 等了几十分钟，天气预报不仅说这一带没有雪而且连雨也没有。 他关了电视机生气地对妻子说，城里的人只关心大环境，不管小气候。 他钻进被窝。 妻子抱着他，刚将他身子偎热，他突然推开妻子披着衣服再次下床。 妻子问他去哪儿，他说到父亲房里去看看。

刚好这时那边屋里传来一串咳嗽声。

石望山正坐在床上戴着一副老花镜在看《封神演义》，一边看一边念念有词地小声唠叨着。 石得宝上前叫了一声，石望山手里一哆嗦，《封神演义》差一点掉下来。

"我正看到紧张处哩，你把我吓着了。"石望山说。

"见你咳嗽就想过来看看。"石得宝说。

"没事，天冷了总有点儿。"石望山说。

"这种天气，会不会落雪？"石得宝说。

"这时候怎么会落雪，还早哩！"石望山说。

"会不会提前呢，不是说有一年十一月份就下了雪吗？"石得宝说。

"那一年世道大变。今年不会，最早也提前不到十二月半。"石望山说。

石望山拿起《封神演义》，刚送到鼻子底下，又放下来。

"这一阵你好像特别关心落雪，国内的也好，国外的也好，哪儿一落雪你就吃惊，是不是等着落雪，想做点什么？雪能做什么，只是化成水烧开了泡茶，好喝还润肺止咳。"石望山说。

石得宝掩饰地说自己就是想弄点雪水泡茶给石望山治治咳嗽，石望山看了看他没有作声。

早上起来，石望山一个人在雨里收拾着稻场。石得宝见雨不大，便光着头走下门前的石阶，不料一阵雨滴钻入他的后颈，他情不自禁打了一个寒战。石望山在一旁说，这场雨一过，冬天就真正来了。

过了一阵子，石得宝抽出一天时间，爬到木梓树上去用一把长竿作柄的柯刀，收获树上的木梓树籽。木梓树籽都结在当年的新枝上，新枝挨过几场霜后，变得特别脆。柯刀刀口朝天，刀背与刀柄间形成一个钩，石得宝用这个钩钩住那新枝，一拧长竿，新枝发出一声脆响，齐崭崭地断了，然后带着一束束的木梓树籽掉到地上。 木梓树籽雪白如玉，妻子在树下捡起它，先用手一搓，再用手一捋，玉一样的籽就在箩筐簸箕之中铺上一层。 木梓树籽长在树上时更像雪。 冬天的初雪，少有能积下来的，总是沾在地上不一会儿就化成一摊水，等到雪停时，便只有到树枝树叶上去找它们。 雪在那些地方蜷缩成一团，大如拳头、小如豆粒，如果是在木梓树上，无疑就成了收获之前的景色。 在树上干活从来都是男人们最喜欢的，它能使人记起和感觉到自己遥远的童年，特别是当树上有一只鸟窝，男人们手中的柯刀总是一次又一次地往鸟窝底下伸，当然，没待碰着，他们就停止了，并在怔了片刻后，顺手折下一枝结满木梓树籽的新枝。 女人在树下总不能理解这点，她们一到这时便在树下细声细气地指着树的一边说，这儿还有不少没有收获哩！ 石得宝在树上一想到雪就没有了往年的那种怀想中的小小冲动。 已经有两个在树下路过的男人提醒他树上有三个鸟窝，石得宝手中的柯刀仍是一点干坏事打野食的欲念也没有。

　　像雪一样的木梓树籽越来越少，黄昏之前，石得宝终于使它们荡然无存。 他顺着树干放下柯刀，坐在一条干枝上出了一会儿神。 石望山一见，就叫他快下来，说天黑了，人脚不沾地久了，会被邪气所乘。

　　石得宝从树上下来后，脚下果然有些不舒服。 他不顾这些，只想着一个问题，将一对目光盯着石望山。

"我们这儿有过不落雪的冬天吗？"石得宝问。

"有，但那样的年份可不好。"石望山说。

"你是说收成吧？"石得宝问。

"嗯。"石望山哼了一声。

"如果只影响收成，今年不落雪才对，才算苍天有眼。"石得宝说。

"有时候，民心比收成更重要啊！"石得宝又说。

"你不说我也晓得，你是有很重的心事，你该同别的村干部一起商量一下，有困难大家一起承担，出了问题，也不至于一个人背黑锅。"石望山劝了一阵。

九

天黑之后，石得宝一个人出门往金玲家方向走去。翻过两座山嘴，就看见金玲家的窗户大放光明。他以为她又在家里打麻将，推开门却见金玲同一个男青年相拥着站在堂屋中间。他不高兴地说，金玲这么大胆，自己会不放心让她掌管村里的财经大权。金玲笑着解释说自己在学跳舞，接着，她将丈夫从里屋唤出来，弄得石得宝有些不好意思，连忙从口袋里掏出几张发票叫金玲报销了。金玲拿出算盘，等那男青年走了，才将发票摊在桌上算起来。一共是五十多块钱，主要是开会坐三马儿的票，还有就是那天村长们在一起吃饭的那张发票。 金玲将现金如数给了石得宝后，才说得天副村长对石得宝将在外面吃饭的发票，拿到村里报销，嘀咕了好几次。 石得宝不满地骂得天是在放黑狗屁，村长去镇里开会，等于因公出差，在外面吃饭还不是因为工作。 石得宝将钱装好后，又吩咐金玲通知几个村干部来她家开个短会。 金玲晓得石得宝是想搓几圈麻将，连忙叫丈夫出去叫人。

屋里剩下他们两个人时，金玲打开录音机请石得宝跳舞。 金玲脱了呢子大衣让石得宝将自己搂在怀里。 石得宝前年也这样让金玲教过一次，那次人多，两人单独在一起又挨得这么近，无论是否跳舞都是第一次。 石得宝摸着金玲腰的那只手有些发抖，金玲感觉到了，笑着说，我都不紧张，你紧张什么。 石得宝一笑人倒放松了。 过了一会儿，他将手从金玲的腰部挪到屁股上摸了几下。 金玲要他别这样，他鄙视地说，外面都在传说他们之间有不正当关系，他要是连摸都没摸一下那不是太吃亏了。 金玲哧哧地笑起来，并往他怀里贴紧了一些。 石得宝干脆将她抱在怀里。 金玲也不挣扎，直到石得宝累了手臂略松时，才抬起头来说，可以了，以后别人再怎么说都不会觉得吃亏的。 石得宝不自觉地放开了她。 金玲刚一转身又回过头来，用手摸了一下石得宝胡子拉碴的下巴。

金玲拿了一些瓜子到厨房里去炒。

石得宝独自坐在沙发上，不时摸一下自己被金玲摸过的下巴，他有几天没刮胡须了，胡须很扎手。 他有些明白金玲那个动作的意思，自己已经四十多岁了，而她才刚满二十岁。 石得宝用手掌在自己的头上打了几下，然后随手拿起一本残缺不全的书乱翻一通。 后来他发现这本书竟是《毛泽东选集》。 他正要批评金玲，刚好她丈夫回来了。 石得宝说了他几句，他说你们什么不可以撕，为什么偏偏要撕这一本。 金玲的丈夫说别的书都有用他们没舍得。 石得宝警告他，这种事若放在二十年前，弄不好会杀头的。 金玲的丈夫摸摸脖子说他幸亏那时没出生。 金玲和她丈夫都只有二十岁，中秋节才结的婚。

村干部陆续来了。 金玲将瓜子端上来时，得天副村长第一个伸手抓了一大把放在自己面前的桌子上。 石得宝皱皱眉头宣布开会。 石得宝也没想好会议的主旨，采冬茶的事说与不说，他一直没有拿定主意，说了怕传出去先乱了阵脚，不说又怕到时候问题出来了，会像父亲说的那样一个人背黑锅。 石得宝让大家分头汇报一下今年各人分管的几项工作。 大家说了半天，也没有什么新内容。 只有得天副村长提出村里的砖瓦厂今年产值和利润怎么报，是不是按惯例多报产值少报利润。 大家正说按惯例时，石得宝却说今年利润要如实上报，但在分红时想办法多给群众一些。 他这么一说，大家一下子都记起来，这一届村委会明年年初就到期，该换届了。

石得宝见大家实在无话可说了，在宣布散会之前，布置了一项任务，要大家明天上午在南坡金玲家的那片茶地边集中，挨家挨户检查一下村里的茶树越冬情况。 得天副村长嘟哝一句，说这可是改革以来的新生事物，茶树越冬情况也要检查。 石得宝瞪了他一眼，说今年可能有大雪大寒潮哩。

得天副村长不作声，转过脸要金玲将麻将拿出来，趁天气尚早大家一起搓一个东西南北风。 他一提议，桌边上早围上四个人。 金玲要他们中的谁让位给石得宝，民兵连长见自己的职位最低，只好起身。 石得宝谦让了一阵，被金玲按到桌边坐下来。 石得宝要金玲也上桌，金玲推辞说自己准备茶水。 石得宝没想到自己的手气会这么差，整整两圈没有开和，金玲在一旁指点也没有用。 得天副村长不停地笑话，说石得宝赌场失意一定是因为情场得意。 石得宝嘴里不作声，心里却在猜疑是不是刚刚同金玲有过几下亲昵动作的缘故。金玲只是笑，待石得宝手中的牌听和以后，她装着给别人倒茶，将得天副村长他们三个的牌都看了，然后回到石得宝身边，偷偷地告诉他单吊三万。 果然，吃了一圈牌后，石得宝将刚摸起来的三万留住，将手中的二万放出去，得天副村长马上叫了一声碰，并开出一个三万。 石得宝一推牌，大家一看竟是个豪华硬七对。 只此一盘，石得宝不仅将输出去的那五十多元捞回来了，还倒赢了将近一百块钱。 接下来石得宝和金玲如法炮制，一连粉碎了得天副村长的几个大和。 得天副村长气得直叫，怀疑金玲在一旁当了奸细。 这话多说了几句，他们就争了起来。 得天副村长一不留神竟说石得宝同金玲关系特别。

气得金玲的丈夫当即上来要打得天副村长的嘴巴。

牌局眼看着就被闹散了，石得宝却不让大家走，等气氛平静下来后，他要接着再来一个东西南北风，他说当干部的就要有哪里跌倒了在哪里爬起来的勇气，同时他还要大家用实际行动挽回在金玲家失去的威信和影响。这局牌打到半夜才散，最后只有石得宝小小地赢了几十块钱，得天他们一人输了十多块钱。

出了门，大家都说得天副村长的牌风不好，赢得起，输不起，得天副村长则反击说大家的眼睛被色和权迷住了。

石得宝到家时，石望山仍在看《封神演义》。他将石得宝叫进房里，小声地告诉他，他妻子大概是出门盯梢去了，也是才回来不久。石得宝到房里一看，妻子的一双鞋上果然沾满杂草和露水。他有些烦，上了床也不说话，将屁股狠狠地冲着妻子。妻子也不说话，两人僵持了一会儿。石得宝身上一暖和，加上心里还搁着一丝金玲的滋味，他忍不住一翻身将妻子压在身下。妻子见石得宝刚回来就能如此，便放下心来迎合丈夫。

十

这一场交欢竟让石得宝睡过了头，醒来时，太阳已斜着照进屋里。他匆匆爬起来，洗了吃了，正要出门又想起一件事，他转身问石望山今天有什么事没有，如果没事不妨给茶叶地上几担土粪。石望山正在抽烟，他用鼻嗯了一声，说茶地的事不用他来考虑。

石得宝赶到金玲家的茶树地时，其他人都到齐了。

睡了一觉，大家的怨气都没有了。金玲的丈夫还同得天副村长对着火抽烟。金玲家的茶树地伺候得不好，地里见不到一点肥料的迹象。不过大家都很理解金玲，说他们两口子刚结婚正忙着下种，顾不上积肥是再自然不过了。得天副村长号召大家每人在地里撒泡尿。金玲一点不怕，反说只要得天副村长敢带头，她自己也往自己地里撒泡尿。石得宝拦住他们，不让说下去。

看了十几家，茶树施肥情况有好有差，不过他们都比金玲家的好。石得宝装作无意地说："这冬天的茶叶采下来做成茶不知是什么味道？"得天副村长不假思索地说道："春茶苦，夏茶涩，秋茶好喝摘不得，冬茶就更不用说了。不论动物植物，凡是越冬的，一到冬天总是积足了营养。白菜和萝卜霜一打，味道比先前的美多了，茶叶也是这个理。"得天副村长说了一大通后，石得宝说既然如此，何不动员群众采冬茶，说不定还能搞出名牌产品哩。得天副村长马上说这样不行，就像男人喜欢野女人的滋味，但这种滋味不能长远，不能过日子，过日子得靠糟糠之妻。现在的群众也还只晓得过日子，尝野味那是有钱有权的人的事。大家跟着说，不能拿群众的三百六十五天，一天三餐饭来冒险，茶树被冻死可不是闹着玩的事。见大家一致反对，石得宝就没有再往下说。

中午，村干部们到村砖瓦厂吃了一顿便饭，没有鱼肉没有酒，只有一些豆腐。饭后休息时，金玲趁无人时小声问石得宝是不是真的想采冬茶，如果真的想采，她可以将自己家的那几分茶地交给村里做试验，反正她也不想种了。石得宝很想接她的话，等到开口时，反而词不达意地说，金玲结婚结得太早了。金玲说她晓得自己前程无望，就想早点结婚有个依靠。石得宝想说她小小年纪只想着贪欢，却没说出来。

下午最后一站是石得宝家的茶地。石得宝好久没来自己家茶地转转，一进山坳，茶树和茶地的模样好得让他不敢相信自己的眼睛。村干部们也都一致称赞说这是今天见到的最好的一块茶地。石得宝说这都是他父亲的功劳。分责任田那年，石望山就动手将这一块地改为种茶。开始时他不时让石得宝来这里帮帮忙，后来，他别的不管，自己一心一意地摆弄这茶地，从种到采到卖，他都不要别人插手，也从不要石得宝的一分钱。这样过了整整十年，有一天石望山突然提出要将自己家房子拆了重盖。石得宝说没钱盖不了。石望山掏出一个存折递给石得宝，上面有整整两万块钱。这件事不仅轰动了全坳，连县里的记者也晓得了，老方陪着他们来了一趟，后来省里的几家报纸都登了这个消息。大家站在茶地边又提起这段往事，都说石得宝摊上个好父亲的确是得了一件宝贝。石得宝说老人本来就是宝嘛。

转了一天，石得宝吩咐大家到各自联系的小组去，督促那些没有给茶树施过冬肥和施得不够的人家，赶紧补施足够的肥料，最好是鸡粪和猪粪。用它做肥可以提高土壤温度，形成小小气候。他特别提到金玲家的茶地，要她带个好头。金玲笑嘻嘻说她准备搞一回试验，采一回冬茶试试，茶树若冻死了也不怕，省得明年春天做茶时，一双手染得像枯树皮。好几个人说她靠着一个好公公，这一生不愁吃不愁穿。金玲的公公在镇上开了家五金商店，赚的钱像河水淌来一样多。石得宝没有批评金玲，他在心里已将她那块茶地当作采冬茶的突破口。

十一

虽然看过全村的茶地，石得宝心里反而更不踏实，其中原因还包括这一次采冬茶的事居然能在这么长的时间里保守住秘密不外露。往常不用说村干部，就是普通群众也能很快得知某项任务的内情。每年年底，石得宝还没去开会，村里的人就晓得谁要吃救济，谁的救济金是多少。这些说法总是与镇里实际发放的情况相差无几。眼下的这种沉默只能说是有关知情人都意识到这件小事在本质上的严重性，都不敢轻易捅这个马蜂窝。

又熬了几天，还是不见有任何关于采冬茶的小道消息在群众中流传。天气在一天天地变冷，电视里已经预报过一次冷空气南下的消息了。冷空气南下往往会引发降雨或降雪。

石得宝坐不住，决定到邻近的几个村里去看看。

　　天气很冷，一般的人无事都不外出，石得宝很顺利地找到了那几个村的村长，他们也都很着急，便跟着石得宝一个接一个村串，最后竟串成六个人的一支小队伍。他们同石得宝一样，一直将采冬茶的事揣在口袋里，一个字也没往外透露，因为他们实在不晓得如何向群众解释采冬茶的道理。天黑时，六个人推着自行车在乡间的机耕路上一边走一边商量。寒风像小刀一样在他们全身上下一阵又一阵地乱刺乱砍。分手时，他们还没有想出办法来，只说是先熬着，等到雪下来了，再看着办。

　　石得宝一到家就听说丁镇长坐着车子来过村里，点名只见他一人，听说他不在，丁镇长很不高兴，幸亏石望山同他聊天时无意中提到种茶，丁镇长才缓和下来。丁镇长问石望山种茶技术能不能有所突破，让茶树一年四季都能采茶，下大雪也不怕。丁镇长还让石望山领着到自己家茶地里转了一圈。丁镇长走时什么话也没留下，屁股一抬就走了。石望山告诉石得宝，丁镇长亲口对他说过，天柱山茶场去年冬天就曾采过茶。石得宝晓得丁镇长这是不便明说，在通过别人做暗示，要他抓紧准备。石望山又说丁镇长同自己谈过十三哥在北京的情况，十三哥离休了，但身体不好，既怕风又怕阳光，所以很少出门走走。尽管十三哥人老了，但他还是石家人的骄傲。往后不知哪一代里才有人能做到那么大的官。石得宝在父亲的梦呓般的喃喃自语中，忽然想到一个主意。

十二

第二天天一亮石得宝就爬起来，妻子听到厨房里有响动，披了衣服过去看时，他已将一碗冷饭用开水泡了两遍后吃光了。 他先将邻村的村长们邀到一块儿，然后告诉他们丁镇长可能在暗示可以到天柱山茶场买冬茶。 村长们一听说有地方可以买到冬茶，都说花点儿钱买个清静也值得。

依然是六个人，他们租了一辆三马儿直奔天柱山茶场而去。 茶场的彭场长正好在，听到他们说明来意后，彭场长顿时面露难色。 彭场长说，他们去年是采了几斤冬茶，那也是没办法，是镇里段书记下了命令，不执行就换人。 结果今年茶叶产量就明显下降了，而且最好卖的谷雨茶产量降得更厉害，搞得场里几乎没有利润。 石得宝以为他是在讲价钱，就主动说，只要他们愿意卖，价钱好商量。 彭场长苦笑着算了一通账，采冬茶不像春夏茶只要有茶树都行。 冬茶得挑上好地的好树，然后放开了采几亩地才能得一斤活芽叶，几斤鲜芽叶才能炒一斤成品茶，加上茶树被冻死冻伤，第二年减产减利，一斤冬茶少说也要两千七百块钱才不亏本。 石得宝他们吓得张开大嘴半天合不拢，直到吃饭时他们才纷纷说，开始以为每斤过不了三百块钱，三百块钱他们还敢下决心，两千七百元一斤冬茶，简直就是天方夜谭。

　　彭场长留他们吃饭并喝了两瓶孔府宴酒。 往回走时，他们的心情才不至于太低沉。 他们吃饭没有叫上开三马儿的人，那人心里有气，一路将三马儿开得风快，拦了几回也没拦住。 大家正提心吊胆，忽然一阵天摇地动，等到清醒过来时，才发现自己同三马儿一道躺在一块烂泥田里。 三马儿是邻村的，邻村村长很生气，赌着气说回去后要好好将开三马儿的这人修理一番。

　　幸好路上的三马儿不少，他们很快换乘了一辆。 坐在车上，他们又庆幸自己是翻进烂泥田，不然这会儿说不定连小命也丢了。 大家像是死过一回，说起冬茶的事语气坦然多了，一个个都说完不成任务他丁镇长总不至于将他们都吃了。

　　正在豪情满怀时，三马儿突然一个急刹车，村长们以为它又要翻了，一个个脸色变得苍白。 片刻后，车却停稳了，宣传干事老方出现在车厢后面，说是丁镇长有请各位村长。他们下了车，果然望见丁镇长的桑塔纳像一只老虎一样趴在公路当中。 丁镇长从车里伸出头来，叫石得宝到他车上去，其余的人依然坐着三马儿随他到镇里去。

　　石得宝上了丁镇长的车，车内很暖和，他将沾满泥巴的大衣脱下来，正要放在座位旁边，司机叫起来，说别脏了我的车。 他一时不知所措。 幸好丁镇长发了话让他就放在座位上，丁镇长说车子总是要被人弄脏的。 石得宝原以为丁镇长要剋自己一顿，责怪他不该同村长们串通一气对付上级领导。 谁知丁镇长一路上只是和颜悦色地同他说着闲话，如亚秋读书成绩如何，他妻子的病完全好了没有，石望山同石家十三哥的关系密不密切等等，甚至还问他家一年养几头猪几只鸡，从头到尾只字不提冬茶和与冬茶有关的事。 丁镇长越是不说重话，石得宝心里越是忐忑不安。 桑塔纳进了镇委会后，丁镇长还是不放他回到村长们中间去，而是将他一个人带到自己的办公室里，并亲自烧上一盆炭火让他烤衣服。 石得宝惶惑一阵才镇静下来，他想事已至此，干脆当面将话挑明了说。

石得宝咳嗽几声，然后又喝了几口水才开口。

"丁镇长，这冬茶的任务我们完不成。"石得宝只说出几个字，额头上就渗出一层汗珠。

"我也是这样向上级反映情况的，可任务还是不能推辞。"丁镇长找了两块餐巾纸让他擦擦汗。

"你找我们话还好说，你找群众话就不好说了。"石得宝说。

"既然好说，那就别叫困难了。 你放心，谁帮我抬庄我丁某是不会忘记的。"丁镇长说。

"其实你可以叫天柱山茶场做这事，那是镇办企业，有话好说一些。"石得宝说。

"我跟你说实话，那是段书记的后花园，我们都进不去，进去了说话也没人理。"丁镇长说。

"这是公事，和段书记商量一下不就行了。"石得宝又说。

"段书记有段书记的关系，他已让茶场办了。"丁镇长说。

石得宝从丁镇长的话中隐约听出，这冬茶的任务是从两条不同的线上传达下来的。 这时，吃饭的时间到了，丁镇长领着他到大会议室叫上另外五个村长到食堂吃饭。 石得宝见自己身上泥巴已烤干了，那些人一个个还像泥猴子，不由得不好意思起来。 他上前去同他们搭话，他们都爱理不理的。 上了饭桌，五人自动围在另三方，石得宝想同他们坐在一起，丁镇长却拉着他坐在身边。 丁镇长也让人上了酒。 两杯酒下肚，有人就说他们今天能喝上丁镇长的酒是沾了石得宝的光。 石得宝听出这话里的味道，便往旁边岔，说如果不是自己约他们出来，他们的确喝不上丁镇长的御酒。 丁镇长任他们打嘴皮官司，只是笑，不搭腔。 待到最后，他才举杯给大家敬酒驱寒，并希望大家像对段书记一样对待他布置的工作任务。 丁镇长硬话软说，使大家很尴尬，酒一喝完就纷纷告辞。 石得宝也要走，丁镇长当着大家的面叫他稍等一会儿，他让司机开车送他。丁镇长开玩笑说，石家大垸村是镇上最小的村，这像大户人家一样，老幺总得多关照一些。 村长们一点也没有被这话逗笑，一个个表情严肃地走出食堂。

十三

丁镇长的桑塔纳真的将他送回家里，半路上还捎上了他存放在路边小卖部里的自行车。石得宝第二天才发现自己的自行车被人放了气，铃铛盖也被人卸走了。他感觉这事肯定是村长们干的。因为他们的自行车是存放在一起的。他后来抽空到那小卖部去问，卖货的女人承认是村长们干的，并且还让她给他捎话，说他是个拍马溜须舔屁股的小人。石得宝一肚子的委屈不知从何说起。

有一天，他在砖瓦厂办公室用电炉烤火，忍不住同金玲说起这事，金玲毫不犹豫地说这是丁镇长施离间计，目的是不让村长们团结起来对他的一些做法进行抵制。石得宝嘴上不相信领导会对下级玩手腕，心里已认了这个事实。天气越来越冷，只要一预报寒潮，石得宝就去找那些村长商量如何统一行动，采或不采冬茶，然而那些村长都避而不见。偶尔堵住一个人，也没有好话说给他听。冷嘲热讽，话里带刺，明里说他是丁镇长的红人亲信，暗地却骂他是丁镇长的干儿子。还警告说别看他现在得宠于丁镇长，等段书记从党校学习回来，准保叫他吃不了兜着走。

石得宝被这些话激怒了。丁镇长比自己还小几岁，他们居然这样骂他。他恨恨地说，不管他们怎么做怎么说，他偏偏要帮丁镇长这一回，看谁敢一口咬下他的卵子！他打定主意，只要一落雪就去找金玲，让她先采点冬茶对付一下。 反正金玲也没将那点茶树当回事。

回村时，他先弯到金玲家。 听到家里有人声，敲门却不见答应，他推了推，门从里面插上了。 他以为金玲在家做见不得人的事，再一想又觉不对，她才结婚正是恩爱得如胶似漆的时候。 他明白一定是两口子大白天在屋里干好事，于是就站在门口大声说，金玲快开门，我找你有事。 过了一会儿，门果然开了，两口子衣冠不整，脸上都挂着不好意思。 石得宝心里痒痒的，他没有坐，直截了当地说，村里准备在她那茶地里做试验，要她在不向外扩散消息的同时做好准备工作，他强调说这几天一定要给茶树施一次肥，过两天他要来检查的。 金玲一时没反应过来，似乎还沉浸在枕边的恩爱之中，她恍惚地问做什么试验。 石得宝不高兴了，他不回答，只是叫金玲自己好好回忆一下。

石得宝离开金玲家的屋基场，踏上田间小路时，金玲忽然在身后大叫，说是她想起来，她这就准备采冬茶。 石得宝吓了一跳，连忙摆手不让她叫。 路旁田里，一个正在给小麦浇水粪的老人抬起头来，问金会计在叫什么，这个时候怎么就准备采茶。 石得宝掩饰说，老人听错了，金玲是叫自己坐会儿喝杯茶再走。 他独自走了一会儿，心里觉得再精明聪慧的女人，一旦坠入情网就会变得稀里糊涂。

过了三天，石得宝真的一早就来金玲家的茶地检查，每棵茶树底下都像模像样地撒了一些猪粪。 金玲伸出手给他看，嫩红的手掌上有两个水泡。 金玲还做出一副要脱衣服的样子，说她的两只肩膀都磨破了皮。 石得宝晓得她有些做作，但还是心生怜悯，说他到时候会想办法替她做补偿的，金玲似乎是无意地说她这块茶地每年可产五百块钱的茶。 石得宝心中有数，有意讹她，说那天搞大检查时，你不是说只要两百元，就将这块茶地让给别人吗？ 金玲怔了一下，随即露出委屈的模样说自己没说这话，若说了也是说错了。 她撩了撩身上的大衣衣襟，说这件呢子大衣要四百多块钱，就是用卖茶叶的钱买的。 石得宝没有往下说，他怕金玲也像彭场长那样精打细算，那样这几棵瘦茶树就更值钱了。

石得宝走时要金玲留神天气预报，随时做好准备。

十四

半路上，他碰见了得天副村长。 得天副村长气喘吁吁地说，镇委会老方带着县里的一帮人到村里来了，正在村委会门前等，他这是找金玲拿钥匙开门。 石得宝看看手表，见才九点半钟，就提醒得天副村长别在金玲家打嘴巴官司，快去快回，争取在十点半以前将他们打发走，免得村里又要招待他们吃饭。

石得宝走得很快，五分钟后就赶到了村委会。 老方远远地迎上来，先将来意说了。 听说是县文化馆的人，石得宝微微皱了一下眉头。 老方说他们是来搞文化活动调查的，同时也兼着采访，准备县里的春节文艺晚会的节目。 石得宝忍不住责怪老方，说他不该将这种与他们不相干的人往村里引。 老方拿出一个笔记本，指着上面的名单说，他是逐村排队往下排的，一个村一次轮流转，而他们还是排在最后。 石得宝说越是最后越吃亏，年底轮上那些下来打年货的人，开销可就大了。 石得宝要老方明年若还排队就将他们村排在中间，摊上七、八、九三个月的高温，谁下到农村，一见苍蝇多虫子多，没有电没有自来水，像蜻蜓点水一样，屁股一沾凳就回头，这样的客人接待起来才舒服。 老方答应下来，同时又要石得宝给他一个面子，别让他下不了台。 他告诉石得宝，县文化馆虽然是个很无聊的单位，但在那里拿工资的人一大半是县里头头的子女，上班时唱歌跳舞，画画照相，水平高点的就写诗写小说，活得不晓得有多潇洒，隔上一阵便要到下面来走一走，换换口味。 有些单位对他们不重视，结果都吃了大亏。 石得宝说他心中有数。 他上前去同带队的蒋馆长握了握手，回头欲同那同来的六个人握手时，几个女孩都借故躲开了。

金玲还没来，石得宝站在门口迫不及待地请蒋馆长作指示。 蒋馆长矜持地说等进了屋再慢慢细谈。 石得宝不停地看手表，心里急得直冒火。 十点过了得天副村长和金玲才匆匆赶来。 金玲解释说从茶地里回来就她就去小卖部买洗发液，得天副村长去找她时，两人走岔了。 石得宝小声责怪他们，说这些人若送不走，中午的饭钱由他们俩负担。

村委会有一阵子无人来办公，桌椅上都是灰尘，他们手忙脚乱地打扫又去了二十分钟。除了蒋馆长以外，那六个人瞅着椅子，好久才勉强坐下去。蒋馆长先说了一通文化工作的意义，接着又是此行的动机和目的。石得宝一看手表，竟到了十一点钟。他对文化工作没有一点认识，心里又装着中午吃饭的问题，蒋馆长一说完，他就将汇报的事推给金玲，说金玲在村里分工负责文化宣传。金玲小声分辩说村里从来就没有分工由谁来管文化。石得宝劝她说，全村就她的舞跳得最好，哪怕没分工，这事也轮不到别人。金玲反应能力不错，她套着蒋馆长的话，慢慢地说开了。讲到村里如何同封建迷信作斗争时，得天副村长插话说，村里有个瞎子算命像神仙，当年曾预言他第一个妻子不能算数，非得娶第二个妻子才能安居乐业，后来他果然在三年内结了两次婚。得天一开口就将县文化馆的人都吸引住了。金玲主讲，得天副村长补充，会场气氛很生动。

石得宝同老方打了声招呼，说是去安排中午的饭。他去了四十分钟才回，进屋时手里提着几只鸡和一大块猪屁股。当着大家的面，他穿过会议室将这些东西提进村委会那久未起火的厨房。

十五

不一会儿，外面又进来了个包着头巾的女人。正在说话的金玲和得天副村长见了她不禁一愣。 得天副村长小声问她来干什么。 包头巾的女人说，是石得宝叫她来为客人们做饭的。 石得宝在厨房门口招手让包头巾的女人过去，他吩咐了几句后，依然回到自己的座位上。 包头巾的女人在会议室与厨房间来回忙着，一时出去弄青菜，一时又提着酒和干菜回来。 厨房里又是噼噼啪啪的柴火响，一会儿又有水汽贴着厨房门框飘进会议室。 得天副村长又在举例子时，包头巾的女人忽然在厨房里叫起来，要石得宝去帮忙将鸡杀了。 石得宝面有难色，说他平时连别人杀鸡也不敢看，他要得天副村长去，蒋馆长不肯，要得天副村长留下多讲一些实际的东西。蒋馆长同行的一个男人去帮忙，一个女孩也跟了进去。

一阵鸡的扑腾声传得很响。 石得宝还在聆听，那个女孩咚咚地跑出来，刚一出门就迫不及待地蹲在地上呕吐起来。汇报当即停止了，大家都围上去问女孩怎么了。 女孩不肯说，这时，那个男人垂着沾满鸡血和鸡毛的手走出来，好几个人围上去，那人低声说了句什么，文化馆的那些人，脸都变色了。

骚动过后，汇报继续进行。 石得宝拎着开水瓶给大家添水，文化馆的人全都断然拒绝了。

汇报完后，石得宝殷勤地说，大家都是难得请来的客人，今天中午就在这里吃个便饭，虽是家常菜，但厨师的手艺非常不错，连省里来的人都称赞不已。 蒋馆长正在表示感谢，他手下的那些人一个个起身往外走，说是家里有事得赶快回去，蒋馆长说人家饭菜都准备好了，我们就不用谦让了。那个呕吐的女孩说，就让馆长做他们的代表，留下多吃点。见大家都走了，蒋馆长也不好单独留下，拿起桌上的茶杯和提包追了出去。

老方不知其中名堂，走也不便，留也不妥，这时，从厨房里走出一个满头癞痢的女人，大大咧咧地说，她已光荣地完成任务了。老方一下子明白过来，他哭笑不得地说，石得宝，这种事你也做得出来。石得宝苦笑着回答，说这是上次开村长会时，大家研究出来的办法。金玲和得天副村长在一旁哧哧地笑，说他们猛一见到这癞痢女人包着头巾进来，就猜到石得宝在搞什么诡计。老方也要走，石得宝不让，他说鸡也杀了一只，索性就做了下酒菜。他让金玲将借来的猪肉和酒、干菜等都还了回去，自己拎上自己家的死鸡与活鸡，拉上老方回家里去好好叙叙。

金玲和得天副村长随后锁上村委会大门。

"你这总统府大门也不知下次是什么时候开。"老方说。

"村长，村长，撑着也不长。村里的事难办呀，干脆永远关门，村里群众的日子可能还要好过一些。"石得宝说。

"我能体会到你们的难处。"老方说。

"但有的人不这样看。"石得宝说。

回家后，妻子一会儿就将鸡烧好端到桌面上来。石得宝将一只鸡大腿夹到老方碗里。

"情况我都晓得，可我是党委中最小的官，只有看的份，没有说的份。 就说冬茶的事吧！"老方说。

石得宝怕石望山听见，要老方将声音放小点。

"丁镇长见段书记搞冬茶送礼非常有成效，就趁机也让大家搞冬茶，说是上面要，其实还不是自己先到上面去取好卖乖，不然上面的人怎么会想到茶可以冬天采。 说是上面腐化，可谁叫你下面的人投其所好哩！ 说穿了，大家都是拿着公家的钱不当钱，拿着公家的东西不当东西，拿着公家的人不当人，只有拿着公家的官职才当回事。"

老方的话说得石得宝直点头。

"那你说，这冬茶我们还搞不搞？"石得宝问。

"搞，怎么不搞，搞了总对你有好处。"老方说。

"要是这样，我就不搞。"石得宝说。

"这就是你的不对，当官的诀窍只有一个，丢掉人格，捡起狗格！"老方说。

"这样说，我就更不能搞了。"石得宝说。

"我再劝你一句，与其让别人搞，不如自己来搞。 你搞时还记着体恤群众，可若是换了别人，他会不顾一切地把情况搞得更糟。"老方说。

十六

石得宝看着老方一连喝了三杯酒，他也一仰脖子将一大杯酒灌进喉咙。 老方又将石得宝数落了一通，别看文化馆这帮人不值钱，但说不定哪天就派得上用场。 今天看起来略施小计获得成功，实际上耽误了大事，他们传出去时，就算实说只是一个瘌痢女人烧火做饭，二传三传就走样了。 到时候上面的人不吃你们的，不拿你们的，你们工作就被动了。 石得宝说他巴不得现在就有人不要他们采冬茶。 老方一搁杯子，说石得宝是不是巴不得他现在就离席。 石得宝赶忙赔不是，将杯子塞到老方手里，再用自己的杯子同他连碰了几下。

老方酒量不算大，六两酒就喝了个九分醉。 石得宝听见他骂段书记和丁镇长都不是好东西时，便开始往他杯里斟凉水。 老方说他好久没有这么痛快地喝过酒。

这时，石望山从门口进来，一见到老方就问他有没有十三哥最近的消息。 石望山只要一见到上面来的人，总要打听十三哥的消息。 老方自然不晓得，但他醉醺醺地说一到冬天就死一批老同志，冬天冷了人的血脉流通不畅，十三哥这种上年纪的人，一说出问题就要出大问题。 石望山对他这话很不满，他说老方这样子才会出大问题哩。 石得宝也怕老方出问题，撤了席后，不让他骑车回镇上，而是在垸里找了一辆拖拉机，连人带车送回镇里。

采冬茶成了石得宝的一块心病，他一听到茶就头痛。 石望山不晓得这秘密，他将猪栏里的猪粪取出来，摊在稻场边让太阳晒。 天气出奇地好，山上山下一点雾也没有，太阳扎扎实实地将天下万物一连晒了五天。　石得宝看着父亲一遍又一遍地用锄头在摊开的猪粪中翻动，留下一排排整整齐齐的小沟。　正午时，猪粪随着锄头的犁动，徐徐地冒出一股股热气。　石望山已将山坳中的茶地挖成一片土坑。　他等着这猪粪的彻底干燥，然后将它挑上山，埋入坑中。　这是提高土壤温度的最好的办法，别人只在育种育苗时才用，但石望山年年都这么伺候自己的茶树。　几只本该冬眠的苍蝇，错误地醒过来，在猪粪上笨拙地飞翔着。　石望山抬头看了看天空。阳光比前几天更暖和，寥寥几朵白云在不紧不慢地飘移，一只苍鹰在太阳底下盘旋，那种高度不会是在寻找食物，悠闲中几分高傲的姿态很是潇洒。　山风从苍鹰的翅下扑地而来，顺着田野上一片通红的枫叶的指引，山风在田埂上、小河里起起伏伏地吹拂。　当跳舞一般的那片枫叶迎着石望山而来时，石望山把手中的锄头举得老高老高。　在他将锄举起后不久，红枫叶哗啦一声从半空中跌落地上，打了一个滚，轻轻地停在石望山的脚边。

　　山风终于看不见了，满地都是阳光，田也好，地也好，枯禾枯草也掩饰不住它的肥沃，冬日的温暖正是这肥沃酿造的。

　　石望山又开始翻动猪粪，而且频率明显加快了许多，雪亮的锄板像白帆一样从黑乎乎的猪粪上快速驶过，激起两排黑油油的浪一般的痕迹。

　　"明天你帮我将这些猪粪挑到茶地去。"石望山突然说。

"看样子该要落雪了！"石望山突然又说。

石得宝听了第二句话后才明白父亲为什么突然又要自己插手茶地上的事了。

太阳还同前一天一样让人心醉。茶地躲在山坳里，北风吹不进来，阳光却一点也漏不掉，都快进入严冬，茶叶还是那种青翠欲滴的样子。石望山骄傲地说，他这地现在还可以采摘几斤毛尖。茶叶是绿的，地上的坑无论四周还是底部都是黑色的。石得宝每一担猪粪都在石望山准确得像秤和尺子一样的目光中倒入其中。石望山抚摸着一棵棵茶树，吩咐哪个坑里多放一些，哪个坑里少放一些，那语气俨然是对待孩子，谁肚量大多吃点，谁肚量小少吃点。

"我小时候你这样照顾过我吗？"石得宝问。

"那时有你妈，用不着我。"石望山说。

"妈妈说过，你只爱庄稼不爱人。"石得宝说。

"那是她小心眼，能让人吃饱穿暖不就是爱吗！"石望山说。

父子俩坐在一棵茶树的两边，同时将嘴里的烟抽得吧吧响。石得宝在想着心思，石望山也有自己的心思。

"老方那天的话提醒了我，我们自己家有人在北京当大干部，自己却忘了招呼。说不定十三哥喝的茶还是找别人要的，那多没味道。明年春上，我说什么也要亲手做上一两斤好茶，送给他尝一尝。若满意，以后我年年负责供应他的茶。 我想十三哥会满意的，家乡的茶永远是最好的，神仙种的茶也比它不过。"石望山一个人唠叨了半天。

石得宝越听越难受，烟没抽完他就挑上扁担篼篼往山下走。

十七

半夜里一阵燥热将石得宝弄醒，他用力推开妻子压在自己身上的半个身子。 妻子以为他又要她，迷迷糊糊地说都四十几的人了，怎么比年轻时还有干劲。 他没有搭腔，将一只脚伸出被窝，翻身睡去。 不知过了多久，石得宝忽然感觉到冷。 他起床走到门后撒尿时，听到近处的山岭上发出阵阵呼啸声，紧接着外面的树木瓦脊一齐动起来，一股强大的寒风扑进门里，逼得石得宝仓皇后退几步。

寒风一阵比一阵吹得紧，偶尔有一段喘息时间，还没等石得宝迷糊上，那种尖厉的声音又响起来了。 五更时，屋顶上响起了头几下沙沙声，转眼之间沙沙声就响成了一片。 从门缝和窗缝里钻进来的风里带着一股潮湿的气味。 屋檐下响起滴答声时，石得宝终于睡着了。

冷雨下得满天满地灰蒙蒙的，天亮得晚了许多。 雨不大也不小，架势也不紧不慢，一副悠着点的痞气味道。 石得宝从早晨观察到傍晚，最后相信石望山的关于落雪的预言是不会错的。 这样的天气，不下点雪就不会变晴。

吃过晚饭，石得宝拿上手电筒和雨伞钻进漆黑的雨幕中。路上没有碰见一个人。他径直走到金玲的家门前，敲了半天，屋里才有人说他们已经睡了。石得宝站了一会儿，本不想开口，终究还是忍不住对着门缝说，看样子雪就要下来了，得早点将箩筐、簸箕和炒锅等一应用品准备好。石得宝走出老远，听见金玲家的大门响了，灯光透出金玲的身影，她站在门口叫了三声石村长。石得宝没有拧灭手电筒，任那光柱在雨中晃来晃去，同时他也懒得回答。他心里忽然生出一种好没意思的感觉。回到家里，妻子没头没脑地说了他一句。

"人家没留你多坐会儿？"

"你这话是什么意思？"石得宝反问道。

"就这意思。"妻子说。

石得宝将手电筒猛地往地上一摔，碎玻璃哗哗啦啦地跑了满屋。

"你明白不明白这是什么意思？"石得宝大声说。

妻子当即跑进房里哭起来。石望山拿着《封神演义》从自己屋里出来，看了一眼又回屋去了。他在屋里大声说话，要他们夫妻相互敬重恩爱。又说石得宝最近工作上一定又遇到了难题，当妻子的这时候切切要晓得体谅。石望山一说，石得宝心中的气先消了。他弯腰捡起手电筒，费了很大劲才将后面的盖子拧开，然后找了一段小圆木和一把锤子，叮叮当当地将摔扁的部位重新敲圆。

天亮之前，妻子将石得宝推醒，说她听到鬼叫了。 石得宝侧耳细听一阵，屋外果然有一种古怪的尖叫。 他起床推开窗户，拧亮手电筒照了好久，终于发现是风吹过那堆废酒瓶发出的声音。 他关上窗户，说女人天生胆小。 妻子还没等他完全钻进被窝就偎到他的怀里。 妻子说若是女人都胆大那还要男人干什么，女人找男人就是为了有个依靠。 石得宝要她以后别疑神疑鬼。 妻子说，她其实最怕的是他在外面有别的女人。 石得宝要妻子学得大气一点，外面的事情很复杂，有事业心的男人根本没空拈花惹草。 说话时，石得宝在她胸前拧了一把，妻子撒娇似的在他怀里扭了一下身子。

十八

冷雨下到第四天上午，天空中开始飘起纷纷的雪花，到了中午，雨丝全变成了雪，在空中狂飞乱舞。 久雨之后的雪花，个头很笨重，落到什么东西上，像被摔碎的玻璃屑。

石得宝匆匆赶到金玲家，见她正同几个男人在打麻将，他立即不高兴地说她怎么越来越不像个村干部了，打麻将的时间比工作和劳动的时间还多。 金玲笑嘻嘻地说他们打完这圈就撤。 石得宝不问三七二十一，上去将那垫布一抖，桌上的麻将牌全乱了。 金玲惊叫着说最低也该让她将这一盘打完，她的豪华硬七对已经听和了。 石得宝一见金玲那痛心的样子，自己也心软了，就让他们再打一圈，结果这一圈耗掉了一个多小时，金玲连登四五庄不下来，将那个豪华硬七对的损失弥补回来了。

金玲拿上箩筐对丈夫说自己去茶地干点活，丈夫没有追问。石得宝倒追问起来，问她是不是将采冬茶的事告诉了丈夫。金玲说，先不说清楚，过后想说清楚也难。石得宝不好再说什么。

茶树上积满了雪，石得宝用手将雪摇落，两人找半天也没找到一片芽叶。金玲说这有点不对头，是不是上级领导坐在四季如春的房子里，忘了冬天草木不长。石得宝挠着头皮想了半天，他也没见过冬茶是什么模样，便想象着让金玲拣那最嫩的叶片采。他打着伞替金玲挡着雪，金玲的两只手一会儿就冻红了，两个指头也开始发僵。石得宝开玩笑，要她将手放进他的怀里焐一焐。金玲竟真的这么做了。正在这时，有人在旁边叫了一声，说太好了，我有好多年没见到采茶妹与情哥哥在一起的情境。金玲吃惊地缩回手。石得宝回头一看，竟是镇里的老方。

老方奉了镇长之命，特地下来检查采冬茶的情况，并通知明天带茶叶到镇里去开会。石得宝问他冬茶怎么采。老方也不晓得，他看看茶树，又看看金玲的箩筐，犹犹豫豫地说大概就是这样吧。

老方也陪着金玲站在雪地里，并不时将金玲的手拉进自己的怀里。三个人说说笑笑倒也不觉得太冷。村里有几个人从附近路过，好奇地问他们在茶地里干什么，石得宝说是在搞一项试验。 有人说，茶叶不能搞试验，这几年搞叶面施化肥，结果产量虽然上去了，味道却差许多，弄得茶叶都不好销出去。 石得宝说他们一出点小问题就不相信科学。 那人说现在没什么可相信的，连自己对自己都怀疑。 老方插嘴问那人，八月十五是中秋，腊月三十过大年他相不相信。 那人说这也不一定对，日历也会印错。

过了不久，村里人得知消息，陆陆续续赶来看稀奇。 石得宝见人越来越多，担心他们出去瞎传瞎说，就吆喝着要他们回去，大家退了几步，又站着不动。 石得宝生起气来，说谁不走，他们就到谁家的茶地去搞试验。 大家嘟哝着说这种试验恐怕又是劳民伤财，慢慢地都退去了。

忙到天黑，也只采了小半箩筐稍嫩点的茶叶，石得宝估计炒制后连半斤茶都不够。 炒了之后，用秤一称，果然只有四两多一点。 石得宝看着这不够分量的一丁点儿茶叶，不停地发愣。 老方不管这些，他拈了一撮茶叶放进杯里用开水泡了一会儿，然后小心翼翼地呷了一口。 老方眯着眼睛不吭声，过了一会儿又呷了第二口，然后一睁眼睛，狗日的，这冬茶的味道的确妙不可言。 他不管石得宝怎么个态度，从荷包里掏出一只早就预备好的塑料袋，拈了一大把就装进去，打好结后放进贴身荷包里。 老方说这也算大雪天陪冻的报酬。 石得宝不好说他，只有说这点茶叶明天怎么向丁镇长交代。 金玲用秤再称了一次，茶叶只剩下二两半左右。

老方笑着说他有办法。 老方将秤盘里的茶叶分成一两的两堆，半两的一堆。半两这堆他又分成两份，一份给石得宝，一份给金玲，让他们自己留着尝个新鲜。他叫金玲拿出两听没有卖出去的茶叶，轻轻地将封皮揭开，再打开盖子，取出一两茶叶后，又将冬茶放进去盖在上面。接着又重新封好封皮。石得宝问这样弄虚作假怎么行。老方要他放心，反正这茶叶是要送人的，也不是丁镇长自己喝。对于他们来说，只要丁镇长不晓得有假就行。石得宝觉得这样做不妥，但又没有更好的办法，只好迁就老方的意思。

这时，金玲叫起哎哟来。她那手被雪一冻，又马上伸进热锅里炒茶，出现了冻伤后才有的那种奇痒。炒茶的手染得发青，看不清皮肉模样。金玲的丈夫心疼地抱着那双小手，不停地抚摸，嘴里忍不住责怪丁镇长太不顾别人的死活了。石得宝看着金玲的手，只有说对不起，让她跟着受苦受累。

天太晚了，老方懒得摸黑路，就在石得宝家里睡。

十九

第二天，他俩一齐到了镇上。丁镇长一见到石得宝手里拎着两听茶叶，立即高兴起来，说还是石得宝抓工作扎实，说五就五，说十就十，不打折扣。石得宝不好意思同他多说，放下茶叶连忙去大会议室。村长们差不多都来了，他们围着火盆像个铁桶一样，见石得宝进来大家都抬头望了一眼，却没有一个人给他挪挪位置。石得宝转了一整圈，仍无人理睬，心里不由得冷笑一声。 他不动声色地将桌上的开水瓶拿到手里，抽出瓶塞，举过那些人的头顶，问谁要添水。大家还是不理睬，石得宝将开水瓶一倾，冲着火盆边一只茶缸倒下去。 那水却是泻在炭火上，一股白烟缠着火灰冲天而起。 火盆边的人赶紧四散而逃。 石得宝放下开水瓶一边说对不起，一边欲帮那些沾满灰尘的人拍打干净。 那些人都果断地挡住了他的手。 石得宝笑一笑，也不是认真地要这么做。 丁镇长进来后，问这是怎么回事，石得宝说自己给他们添开水添错了地方。

丁镇长宣布今天开会的主要内容是落实发放到各村的救济款。 大家一听到这个话题，都暗暗兴奋起来。 丁镇长将有关政策说了一遍，然后就让各村村长汇报自己村的情况。大家都是胸有成竹，账本都在心里，虽然每人只给五分钟发言时间，但各人将自己村的情况说得十分清楚。 等到十五个村长都说完后，丁镇长就宣布休息一阵子。 有几个人准备上厕所，丁镇长将他们叫回来，先问了一下各村落雪的情况，有没有人畜遭灾，大家都说这点小雪没问题。 丁镇长突然说，可你们自己却出了问题。 他从提包里拿出石得宝送来的两听茶叶，说你们都叫苦说采冬茶太困难，石家大垸村哪一点不比你们更困难，可石村长就有这股子不服输的精神，昨天落雪，今天茶叶就交上来了。 丁镇长将两听茶叶敲得桌面叮当响，他要各村将自己做工作的情况说一遍，十几个人中没有一个人先开口。 丁镇长生气地说，你们刚才要救济的时候怎么一个个那么会说，几斤冬茶怎么就那么难。 你们少打几圈麻将，少到群众家里喝几餐酒，问题早就解决了。 丁镇长点名叫了几位村长也没有用，他们像约好了一样，就是不开口，他要石得宝介绍一下经验，石得宝也不肯说。 丁镇长生气地往门外走，走到半截又回来对石得宝说，看来今天只能落实石家大垸村的救济款了。 他要石得宝马上拿出一个救济方案交给他。 丁镇长走到窗口，看了看外面，大声说，你们看，雪停了，这么好的机会被白白错过。

丁镇长迟迟不宣布继续开会，大家心里明白，冬茶的问题不落实，丁镇长也不会落实救济款如何发放的问题的。 果然，僵持到十一点四十，丁镇长宣布今天的会到此为止，什么时候再开听候通知。

丁镇长正要走，石得宝忽然站起来要他等一等。

"上下级之间都要相互体谅，但丁镇长你作为上级更要多对下级体谅些，这场雪是停了，可这并不等于说从此再不落雪了，说不定一个星期以后又要落雪的。 这么多村长没有一个人说过不字。 丁镇长你不是教导我们说做工作要有耐心吗？"石得宝说。

"说句老实话，咱们镇没有哪一个村有厚油水。 每回换届时，镇里总少不了动员人出来当这个群众头儿。 一年到头，少不了受群众的气，镇领导要是不理解说不定哪天大家都会辞职不干的。 除了多抽几包烟，多喝几杯酒，当村长的还能见到什么好处？ 我们总在挨批，国家干部总在涨工资。

我们当村长当到死，也没人给定个股级局级，可你们国家干
部只要能熬，一生总能提几级。"石得宝继续说。

　　"就说这落雪采茶，这事无论怎么掩饰，也是个遭人咒
骂的事，若是捅大了说不定还能闹到中央去。 中央说不准坑
农害农。 落雪采茶，三岁小孩子也明白是什么性质。 但各
位村长也明白上上下下的实际情况。 事实上也没有让镇领导
有更多的难堪，所以，镇领导也不要让大家太难堪。 现在群
众一年下来能见到上面好处的就这点救济款，若是过年前不
能兑现，村干部可就没有年过了。 脾气好的人只是到家里闹
一闹，脾气不好的说不定就用那鸡爪扒的字写成状子，这一
状也不知会告到哪里。"石得宝又说。

　　这一番话将丁镇长说得一愣一愣的。 村长们也在"是
啊""是啊"地不断附和。 丁镇长接受了石得宝的意见，将
会议继续开下去，并初步确定了救济款发放的对象名单和金
额。 丁镇长再三强调这是初步定下的，村长们心里明白，丁
镇长这是不见兔子不撒鹰，便都表态，下次落雪就是撵也要
将群众撵到山上去将冬茶采回来。 丁镇长提醒大家一定要注
意，茶叶最多只能采两芽，因为少，所以必须精。

二十

　　散会后，丁镇长将石得宝单独留下来，说他今天说了自
己那么重的话，自己都接受下来了，这是给了他天大的面

子。 所以希望他能还自己一个面子。 说着他将一听茶叶打开，将茶叶全都倒在一张报纸上。 石得宝看着两种不同的茶叶，脸色刷地一下变得通红。 丁镇长痛心地说无论如何也没料到石得宝居然想出这种办法来糊弄自己。 过去，在自己的印象中，石得宝虽然工作方法少了点，但人是诚实可靠的。没想到石得宝一下子变得这样。 石得宝实在羞不过，又不能将老方说出来，他一狠心，当场表态说他一定要给丁镇长弄两斤上好的冬茶来。 丁镇长从提包里拿出一只精致的小铁盒，让石得宝看里面装的茶叶。 丁镇长告诉他，这是段书记在天柱山茶场定做的冬茶，全部都是一芽的。 丁镇长说自己做过调查，全镇上能超过天柱山的只有石得宝的父亲石望山的那块茶地。 实际上，只要石望山同意，仅那块茶地就可以很轻松地采出两斤冬茶来。 石得宝答应了丁镇长，就采自己家那块茶地的茶。 丁镇长也说了实话，自己在北京有个重要的关系，到时候就全靠他这极品冬茶来联络感情了。 临出门时，丁镇长表态，到时候他多给一笔救济款，由石得宝自己掌握分配。

镇上的雪没能存住，满街都是糊状的雪水，石得宝在屋檐下蹦蹦跳跳地走着，冷不防有人捉住自己的一条胳膊。 那些村长又在餐馆里聚着，单单等他来。 一落座，就有人说他们这一阵中了丁镇长的离间计。 石得宝正不知说什么好，又有人提起他用瘌痢女人对付文化馆那帮人的故事。 说得大家哈哈直笑，边笑边说石得宝真会活学活用，别人开个玩笑他就能实际做出来。 说笑一阵，大家又和好如初。 吃饭时，大家自然又提到冬茶。 石得宝将自己骗丁镇长又被丁镇长识破了的经过说了一番。 村长们叹息了一番，都承认自己斗不过丁镇长，丁镇长身后一定有大人物在撑着，他们再团结也没有用，丁镇长大不了换个地方再做他的官，而换来的人说不定更难对付。 大家又数起丁镇长的好处，然后叹惜他在段书记的阴影下工作，不用点手段也的确没有出头之日。 最后大家一致认为，反正农村是穷定了，多那点茶叶、少那点茶叶都没有利害关系，反倒是丁镇长万一利用冬茶打通了什么关节，为镇里要个什么项目来，说不定真能给全镇带来什么变化。 大家约好了，再落雪时各村一齐动手，并由党员干部带头。

石得宝一回到家里，就被石望山狠狠剋了一顿，说他竟敢逆天行事，创茶叶史上的世界纪录，落雪天也能采茶。让他这个当父亲的都感到脸上无光，恨不得将自己家的茶树都砍了，免得一见到它们就觉得耻辱。 石得宝没有争辩，只是告诉他采冬茶的事是天柱山茶场带的头。 石望山气愤愤地说那是因为天柱山茶场属于集体，垮了毁了无人心痛，只要自己荷包里捞足了就行。 石得宝不同石望山争吵，他推说要传达镇里的会议精神，出门绕了一圈后，来到自己家的那块茶地里。

四周的山上还是白茫茫一片，茶地里的雪却快化光了。只有叶片或树杈上还有少数如玉雕凿出来的雪球。 两只野兔不知躲在哪箅茶树下面，听见脚步声，它们不慌不忙地跑上山坡，然后回头望了一阵。 它们认出石得宝是个陌生人，才继续远去。 石得宝听石望山说过茶地里有一对野兔同他挺熟，见了他也不回避。 融化着、破碎着的雪球，不时在茶树中哗啦地响着。 石得宝看见茶树上真的有许多细嫩的芽尖，而自己在以前竟一直没有注意到。 他不由得暗暗佩服丁镇长对任何一件事情的钻研劲头，居然连他家的茶地都如此熟识。 石得宝在茶地里抽了四支烟，就是想不出如何对父亲说起将要在这儿采摘茶叶。

下山后，他顺路到一些等待救济的人家走了走，告诉他们钱款很快就要下来。 有人为了表示感激，偷偷地告诉他，说得天副村长在到处造他的谣，说他挖空心思想办法巴结上级，让金玲这时候采茶拿去送人，还许愿明年让金玲当副村长。 石得宝对这话很恼火，转身就去了金玲家，将得天副村长的话告诉了她。 金玲说得天副村长是在为当村长做准备。 石得宝问金玲手上的冻伤怎么样了。 金玲说她丈夫特地去镇上买了一架频谱仪，照了几次就将痒止住了。 石得宝听说买这个东西花了好几百块钱，就说金玲不是随便一个男人可以养得起的女人。 金玲不愿听这个话，她说自己若是那种人，为什么还会去受冻采冬茶哩！ 石得宝将去镇上的经过都对金玲说了，金玲说他家的事她也没法帮他。 石得宝问金玲想不想当副村长。 金玲想都没想就说，如果石得宝还当村长，她当当副村长也可以。 她说她喜欢同石得宝在一起，石得宝身上什么男人的味道都有。

临走时，金玲提醒他，万一有什么难处不妨去找找老方，这个人总有些出人意料的新点子。

二十一

雪停了之后，天却不见晴朗。一连几天，老刮着北风，阴云一会儿薄一会儿厚。石得宝老是抬起头来看，他总感觉到这雪还没有下完。

雪停了之后，电视里播了一条讣告。石望山听了半截，跑出来一惊一乍地问是谁死了，是不是十三哥。石得宝心里说这十三哥可能还不够格在电视里播讣告哩，嘴里却在安慰父亲说死去的老干部不是姓石。

夜里，屋外出奇地安静。没有一丝风声，也没有小兽窜动的响声。窗户上很亮，如同一弯月亮挂在中天。石得宝迷迷糊糊地以为天晴了，就完全放下心来，睡了落雪以来的第一个安稳觉。早上，石望山的开门声惊醒了他。石得宝竖着耳朵听，父亲通常每早开门时，总要习惯地随口说一句，天晴了或又是晴天、落雨了或又是雨天、天阴了或又是阴天，等等，既有变化又没变化的话。石望山什么也没说，这让石得宝感到很奇怪。他耐着性子又等了一会儿，见外面还没有动静，他忍不住一骨碌地翻身爬起，冲出房门。在面对大门的一刹那间，他惊呆了。

父亲蹲在大门口，一言不发。大雪从他的脚尖前铺起，一直漫向无边无际的山野。天地间没有别的颜色，洁白晶莹的雪花在一夜间不知不觉中改变了整个世界，并且那几乎密不透风的洋洋洒洒的雪花还在继续下着，洒落在石望山头上和石得宝手上的六角形羽毛般大小的雪花久久没有化开。

"几十年没有见过这样的大雪了。"石望山说。

"雪大好过年。"石得宝说。

"十三哥最后一次离家时，也是下着这样的大雪。我还记得他的脚印转眼就被雪花填平了。"石望山说。

石得宝突然不愿接话了。落雪了，说不定丁镇长又要派人督促。他站在石望山的身后，盯着父亲佝偻的脊背和头上如霜似雪的须发。他突然明白，自己永远无法开口对父亲说出那曾经对丁镇长说过的话。石得宝一转身回到房里，脱掉衣服钻入被窝，打算睡过这一天。

中午过后，石望山站在房门槛外对着房里叫着他的小名，说他该起床了，这么大的雪肯定有人遭灾，他当着村长就应该及时去看看。石得宝一下子悟过来，连忙起床，穿上父亲为他准备的防滑的木屐，拄着一根棍子钻入雪中。

半路上他碰见丁镇长和镇里的两个干部。他正要为采冬茶的事作解释，丁镇长却问他村里有无人畜受灾。石得宝说他正要去了解情况。丁镇长生气地说这是失职，如果出了人命他是要负责的。另一个干部说丁镇长天一亮就开始逐村视察，到这儿是第四个村了，还说丁镇长今天一定要跑完八个村子，剩下的七个村明天跑完。石得宝一时感动起来，便领着丁镇长朝一些可能出事的地方走去。村里果然塌了房子，伤了人和畜。得天副村长的父母单独住，他们的两间小屋被雪压垮了一半。可得天副村长不知到哪儿打麻将去了，他父母又同儿媳妇闹翻了脸，两个老人只有躲在随时可能塌掉的那剩下的一间小屋里，抱头痛哭。丁镇长很恼火，当即领着老人进了得天副村长的家，凶狠地对得天副村长的妻子说，只要老人出一点事，他就送她去蹲监狱，同时又宣布得天副村长停职察看。丁镇长将随身带来的救济款散发给各受灾户，同时又要石得宝赶紧动员全村人动手抗灾，先将各家房顶上的雪扫掉。

丁镇长走后，石得宝就忙碌起来。

二十二

天黑后，金玲跑来告诉他，丁镇长在去邻村的途中，滑下山崖摔断了一条腿。石得宝着急起来，问丁镇长现在在哪儿。金玲说往后的事传话的人也不太清楚，只听说丁镇长不肯回去，非要将计划中的八个村看完。

第二天上午，邻村的村长跑过来问石得宝冬茶怎么采，并告诉他丁镇长的确摔断了一条腿，用木棍固定之后，他让几个人扶着，硬是撑到半夜将八个村都看完，今天一早又出发看剩下的七个村去了。邻村村长说他很受感动，所以特地抽空跑来学点经验，回去就动员一些人上山采冬茶。 石得宝告诉他除了手会被冻伤，方法与采春茶一模一样。 邻村村长走后，石得宝一横心准备同父亲说，但一见到父亲那满是沧桑的面孔，一点勇气又一次消失得干干净净。

雪一停，太阳就出来了。

石得宝到镇上去看望丁镇长。 丁镇长架着一对拐杖，忙得比以前更厉害。 石得宝说了几句慰问的话，便告辞了。然后一间间办公室寻找老方，最后才发现老方躲在镇广播站里写全镇人民抗雪灾的汇报材料。 石得宝要他帮忙做做父亲石望山的工作，让其同意采那块地里的茶叶。 老方说他现在得赶这个材料，县里马上就要。 石望山的工作怎么做他仓促之中想不好，但他明天上午或下午总会抽空去的。

太阳一出，雪就开始融化，家家户户的瓦沟下垂着一串串冰吊儿。

石得宝坐家门口张望着老方来的方向。 石望山从外面回来，见了石得宝就匆忙发问。

"这么大的雪，你到茶地去干什么？"石望山说。

"自己家的东西，随便看看。"石得宝说。

"我一看脚印就晓得是你，你还将几枝茶树杈的顶给掐了。 雪一化，地上就会上冻，那几个枝子会冻死的。"石望山说。

"那是随手掐的，当时忘了，以后再也不会这样。"石得宝对自己说出这句话来，感到惊诧不已。 他不晓得自己如何才能收回这话。

"我的地不是金会计的地，我的茶树也不是金会计的茶树，任谁也不许乱来。"石望山说。

"我晓得那是你的命根子。"石得宝说。

他将门口的椅子让给石望山，自己进屋倒水喝。开水瓶是空的。石得宝端上杯子出了后门到邻居家讨了一杯水，还同邻居闲聊了几句亚秋的学习情况。石得宝原路返回，一进门，正好听见老方大叫着说，石老伯，你十三哥在北京出事了。石得宝听了心里一惊。老方又说你十三哥得了癌症，昨天晚上专门打电话到镇上报信，让这边准备一下，随时进京去办理丧事。石得宝走拢去时，石望山正急得手足无措，嘴里不停地说，这怎么可能呢，北京那么高级，怎么就医不好他的病。老方又说，那打电话的人说北京有个从前给光绪皇帝看病的老中医开了一个偏方，但要用病人家乡的茶叶做药引子。石望山说这还不好办，他们要多少他可以给多少，就是挖几棵茶树送去也可以。老方说只是这茶叶必须很特别，数量虽然只需两斤八两就足够，可它必须是冬天落雪时现采现炒的。石望山一愣，将两眼在老方脸上扫来扫去，然后问老方是不是哄他，拿他开玩笑。老方着急地说他开始也不相信，后来请教了镇上的一个中医，人家说药理是对的，癌症多为内火旺，冬天为寒，落雪为最寒，这时采的茶叶必定是大凉大寒，正好可以消火。老方还补充说自己大小是个国家干部，拿一个七八十岁的老人开玩笑有什么好处哩？石得宝听到这里就晓得是怎么回事，他递了一支烟给老方，老方要他赶紧召开紧急村委会，在村里动员一下，趁雪没化赶紧采了茶叶炒好送到北京去。

石得宝真的离开了他们，然后站在一处高坡上往下看动静。隔了一会儿，他看见父亲石望山在雪地里匆匆地走着，肩上挎着一只箩筐。又过了一会儿，自己的妻子也同样挎着一只箩筐，踩着父亲的脚印往山坳上的那块茶地走去。然后是老方。老方是向他走来，远远地就得意地说自己这是妙计安天下。他要石得宝将多余的八两冬茶交给他，他说自己当了六年的宣传干事，也想用这冬茶来改变一下命运。石得宝心里有些厌恶，嘴上不好直说，就责怪他不该用老干部的健康来编恶作剧。老方不以为然地说，都这把年纪了，任谁也免不了一死。石得宝沉默了一会儿，突然对老方说他想一个人待一会儿。

老方一路用脚踢着地上的雪，边走边唱着歌：

> 桑木扁担轻又轻，
> 一片茶叶一片情，
> 船家问我哪里去，
> 北京城里看亲人。

老方不记得下面的词，大声哼着曲子。石得宝记得这首歌，还记得另一段歌词是：

桑木扁担轻又轻，

头上喜鹊叫不停，

我问喜鹊叫什么，

它说我是幸福人。

老方在雪野中消失了，石得宝并没有用眼睛看，他是在心里感觉到的。浮现在眼前的唯有山坳中的两个人影。白茫茫的雪坡上像是有不少缝隙，父亲和妻子在其中一点一点地游动着。雪地是一块暂时停止涌动的波涛，两个人是两只总在渴望前行的船帆。石得宝仿佛看见寒冷正从他们的指尖往心里侵蚀，他自己亦在同一时刻里感到周身寒彻。

金玲不知从哪儿突然钻出来，不安地指着山坳问石得宝，怎么采冬茶的事就你家独担了？金玲好看的眼一直在眯着，雪地里阳光太刺眼，只有戴上墨镜眼睛才能完全睁开。金玲说这时候采茶，一片芽尖一把雪。

向现实探心智的开掘

—— 刘醒龙的中篇小说

吴义勤

在刘醒龙早期的文学创作中，中篇小说是他采用较多的文体，也是为其赢得了众多声誉的文体。其中《挑担茶叶上北京》荣获了第一届鲁迅文学奖，《凤凰琴》和《分享艰难》分别荣获了第五届和第七届《小说月报》百花奖，这预示了刘醒龙的创作走向成熟，也是其创作的第一个高峰。

从写作特征来看，刘醒龙的中篇小说继承了现实主义小说的优秀传统，以强烈的社会责任感和忧患意识关注现实、介入现实，对于复杂多变的社会现实问题有深入的探究和客观的呈现。他的中篇小说故事性强，在题材的选择上也多聚焦于苦难的社会底层生活，对于偏远山区的教育问题有深入关注，如《凤凰琴》；对于中国庞大政治体系的基层环节有全面观照，如《分享艰难》中对小镇政治的反映，《挑担茶叶上北京》中对村长这一群体的描写，都体现了作者对基层政治生态的严肃审视和思考。可以说，对于社会现实问题的敏锐体察、向现实生活深处的努力开掘，构成了刘醒龙小说最醒目也最为坚厚的艺术品质。

中篇小说《凤凰琴》关注偏远地区农村的教育问题以及民办教师的生存问题。界岭小学是中国贫困地区农村教育的一个缩影，这里办学条件简陋、文明水平低下、自然环境险恶、教师资源匮乏，每年冬天，学生们都要在寒冷的教室里上课，像动物一样为过冬的吃穿问题发愁，每次上下学都要翻山越岭。老师们不仅要教课，还要负责接送孩子们上下学，以免路上出现危险。与此同时，教师们工作待遇低下，挣扎在饥饿线上。在这样恶劣的环境下，教师们保持了基本的道德良知，恪守着教育工作者的职责和使命。在界岭小学，余校长、孙四海、邓有米、张英才组成了这样一个"教育团队"，他们像火光一样照亮了贫瘠的土地和寂寞的大山，书声琅琅，这是大山的希望。然而，这个"教育团队"也有一份迫切的希望，这就是一纸象征着身份和认可的转正文件，在一定意义上，这也是支撑他们固守大山的精神支撑。作为新一代的教育工作者，张英才显然具有与余、孙、邓不同的生活认知和工作理想，从写举报信反映入学率造假事件到写长文为界岭小学正名，赢得外界的声援改变界岭小学的命运，张英才从一个书生意气的热血青年转变成了一个有责任心和担当意识的成熟的人，这是他自我的进步，也有现实生活的催化作用，是现实让他更"现实"。小说最后的高潮是转正名额的到来，围绕着一个转正名额所展开的故事让人动容，当梦想照进这所小学的时候，我们看到了人性的亮光，这让人们对于山区的教育事业更加充满信心。《凤凰琴》不仅描绘了中国教育的一方景象，还传递了爱与希望。

在中篇小说《分享艰难》中，刘醒龙以细腻生动的笔触将社会基层的艰难呈现并"分享"出来，体现了强烈的忧患意识。 小说以镇委书记孔太平为人物核心，客观描绘了当下中国小镇基层政治生态的复杂性。 镇委书记孔太平和镇长赵卫东的明争暗斗是主要的矛盾线索，小镇本身在政治和经济上面临的重重困境则加剧了人物之间的紧张关系。 派出所黄所长、挂职干部孙萍、养殖场场长洪塔山均是小说重点刻画的人物，他们根据各自的利益或明或暗地紧靠在相关的领导人身边，既努力争取既得利益，同时也成为小镇政治舞台上的戏子与棋子。 作为整个社会政治体制最基础的一环，小镇基层的生态是令人忧虑的，但孔太平式基层官员的存在又让人从乱象中看到些许光亮。

发表于 1996 年的中篇小说《挑担茶叶上北京》，荣获第一届鲁迅文学奖中篇小说奖，是刘醒龙早期小说的代表性作品之一。 小说以村长石得宝为人物核心，通过对以石得宝为代表的一众乡村干部与乡镇领导的多维关系展现乡镇基层的复杂生态，以采摘冬茶这一违反自然生产规律的矛盾性事件揭开官场中某些隐秘的潜规则。 作为一个普通的乡村干部，石得宝无疑具有鲜明的典型性。 作为干部，他要服从乡镇领导的工作安排，无条件完成任务。 同时，作为一个乡村干部，他又与广大民众有着密切而直接的联系，他是广大村民利益的代表，要维护村民们的利益。 因此，面对着摘冬茶的任务，石得宝陷入进退两难的困境。尽管最终老方"妙计安天下"替他解了围，但这种带有欺骗性质的"妙计"毕竟不能解决石得宝的长期困境，石得宝的难题不是他一个人的难题，是所有乡村基层干部在开展政治工作时所面临的普遍性难题。

刘醒龙的中篇小说蕴含了他对于社会问题的严肃思考，他的书写不是简单的描绘，同时饱含着批判精神，对社会问题有敏锐的发现和洞察，他用厚实的笔触与大家分享个体的艰难、分享时代的艰难，让大家从艰难中看到问题，同时亦看到希望。

图书在版编目(CIP)数据

凤凰琴/刘醒龙著；吴义勤主编. —郑州：河南文艺出版社，
2018.8（2020.4 重印）

（百年中篇小说名家经典／何向阳总主编）

ISBN 978-7-5559-0560-8

Ⅰ.①凤…　Ⅱ.①刘…②吴…　Ⅲ.①中篇小说-小说集-中国-
当代　Ⅳ.①I247.5

中国版本图书馆 CIP 数据核字(2017)第 272184 号

选题策划　陈　杰　杨彦玲
责任编辑　俞　芸
书籍设计　刘运来
责任校对　赵红宙

出版发行　河南文艺出版社
本社地址　郑州市郑东新区祥盛街 27 号 C 座 5 楼
邮政编码　450018
承印单位　河南瑞之光印刷股份有限公司
经销单位　新华书店
开　　本　787 毫米×1092 毫米　1/32
印　　张　8.125
字　　数　138 000
版　　次　2018 年 8 月第 1 版
印　　次　2020 年 4 月第 2 次印刷
定　　价　28.00 元

印厂地址　河南省武陟县产业集聚区东区(詹店镇)泰安路
邮政编码　454950　　电话 0391-2527860